AF143934

Nathalie Nallet

DE BOUCHES À OREILLES

Un regard éperdu

Au hasard des pérégrinations quotidiennes, indépendamment de toute volonté, deux personnages me préoccupent. Hasard ou coïncidence ? Allez savoir pourquoi, ces deux-là, si différents de moi, dont les seuls points communs sont la rue et la dignité, m'intriguent. Contrairement à ce que l'on pourrait attendre, ces sages hors du temps ne mendient pas. Leur regard éperdu revêt quelque chose de noble et majestueux. Il n'en faut pas plus pour que mon imaginaire d'ordinaire peu prolixe avec les situations de rupture s'emballe. Le moindre de mes déplacements est prétexte. Je cherche leur changement de place ou leur absence. Je me soupçonne même de trouver n'importe quel argument pour ressortir quand je rentre bredouille. Au-delà de leur précarité et de leur fragilité, leur présence sur le pavé me rassure, leur absence m'inquiète. Quand ils sont là, j'ai la certitude qu'ils sont en vie.

À leur insu, sans que je sache pourquoi, ils sont devenus importants. Je salue immanquablement ce grand gaillard sans âge, une armoire à glace dont j'ignore le nom et à qui je n'ai jamais adressé la parole. Il occupe un pas de porte dérobé, sans chapeau ni coupelle, derrière l'Hôtel royal, face à la mer, le regard couleur de pluie vers l'ouest. Le squelette des habitudes soutient sa forte charpente. Barbu et grisonnant, toujours assis, entouré de sacs en plastique, parfois de bouteilles vides, il contemple d'un air satisfait le paysage dans une forme de sagesse. Ce n'est pas un Dupont Moretti fort de ses cent quarante acquittements ; lui n'est fort de rien, mais il dégage de la puissance. À ses côtés, à peine la moitié d'un demi, loin de l'indifférence et dans l'ambivalence, je navigue entre émotion et répulsion. Je me refuse à le définir par le seul terme de SDF. C'est vrai, parfois, il sent fort. Je réprime ma curiosité et m'interdis toute approche qu'il pourrait refuser. Pourtant, ce n'est pas l'envie qui m'en manque. La version féminine du grand gaillard s'incarne dans la toute petite femme frêle aux lèvres carmin logée habituellement sur les bancs de l'esplanade du casino. Soignée et fragile, son calme et sa capacité apparente à se satisfaire de la situation m'interpellent. Ce matin, 15 juin 2020, rien n'est comme avant. Je sors de chez moi et marque un temps d'arrêt pour fermer la porte. Il est juste là, devant chez moi, avec des bouteilles et des détritus, comme s'il avait deviné mon secret. Il me dérange. Dans l'effort, je prends sur moi et poursuis mon chemin, pleine de la pensée de cet homme. Faut-il saisir les signes du destin ? Retourner sur mes pas, comme s'il y avait urgence à saisir quelque chose qui pourrait ne plus se représenter. Mon pessimisme accentue l'urgence, je crains qu'il soit trop tard, qu'il soit parti, qu'il n'y ait plus de retour en arrière possible. Et s'il avait été chassé et que je n'aie rien fait ? Sur la réserve, par peur de son alcoolisation et sans doute de l'accueil qu'il pourrait me faire, j'accélère le pas à sa rencontre. Les quelques mètres parcourus me semblent interminables, j'arrive au coin de la rue et l'aperçois dans l'ombre. Là, sur le trottoir, entre la pompe à incendie et les compteurs électriques. J'atteins mon but comme on atteint un sommet, en apnée. Sans paroles, je me love comme une lionne aux côtés du roi de la jungle. Je ferme les yeux, fière d'avoir osé, d'être passée outre les conventions. Dans la rue, à même le sol, le temps contre mon maître au visage de sphinx s'arrête. Je reste là, par choix, alors que j'ai un chez-moi confortable. Son odeur ne me rebute pas. La retenue, à l'époque du sans contact, m'empêche de poser ma tête sur ses jambes pliées. Pour un peu ce serait lui qui devrait me consoler et me réparer. Le temps s'étire dans le silence, aucun de nous deux ne demande quoi que ce soit, ne succombe à la tentation de la curiosité. Qu'ai-je de plus que lui ? Je n'ai rien à lui donner. Glisser un billet à un sphinx serait lui manquer de respect. En ouvrant les yeux, je croise son regard délavé et usé, à la force hypnotique. Le voisin d'en face, un monsieur bien comme il faut, écarquille les yeux comme des soucoupes en sortant de chez lui. Confiné dans ses certitudes, il ne me salue pas et détourne la tête. Je ne peux pas croire qu'il ne m'ait pas reconnue. Non, c'est juste trop incongru, trop différent pour lui. Assise là, je n'attends rien et pourtant il me semble que si. Je lui attribue secrètement des pouvoirs, la force et le courage qui me manquent. Les grosses veines sur ses mains me rappellent celles de mon père. Peu de mots sont dits, il ne dévoile rien de son histoire et c'est bien comme ça. La mélodie est douce, elle arrête le temps, ne change rien de fondamental et pourtant, il se passe quelque chose d'indicible. Je ne sais pas encore quoi. Sur sa sollicitation bienveillante, je finis par le quitter, le laisser tranquille, pour retrouver les miens et mon confort. Le soir même, dans mon lit de lin blanc, le sommeil profond propice aux rêves refait une place à l'homme libre. Il a rajeuni, moi aussi. Je le retrouve seigneur d'un monde sans âge, avec son épouse la reine, la femme au rouge à lèvres. Ils ont fui leur village natal, expulsés par les bien-pensants qui voyaient le diable dans leurs pouvoirs. Ils se sont installés chacun sur une montagne, en lien mais à distance ; l'aspect sauvage de la nature, la nudité des corps me font penser à un passé très lointain alors que la technologie et les bâtiments appartiennent à un monde futur. De rares humains nus dans une sorte de bastion protégé de la déchéance par une frontière infranchissable, constituée de plusieurs sas, mènent combat. Je suis en quête de liberté, tétanisée par l'enjeu, j'ai une mission que je n'ai pas bien comprise mais pour laquelle je me démène contre une horde d'éléments indistincts. Seuls des bruits sourds parviennent à mes oreilles, je ne distingue pas de mots qui pourraient m'indiquer une langue. À la frontière de l'agitation d'une terre maudite, en sueur, je lutte pour rester dans la course et éviter l'exclusion. Je distingue difficilement mes ennemis de mes amis. Des trombes d'eau, de la matière filandreuse me tombent dessus, elles ralentissent ma progression. Bouc émissaire d'un groupe de femmes, je dois me dérober à couvert par des chemins de traverse. Les insultes pleuvent. Juchée en haut d'une falaise, la femme au rouge à lèvres, parée de vêtements et d'artifices prestigieux, m'ignore et regarde dans la direction opposée. J'essaie de me faire entendre dans la gamme des sons lisses de la nature et des corps qui me touchent. Je n'ai pas mal, j'ai peur, je transpire l'angoisse. Mon corps nu, comme transparent, laisse voir toutes ses faiblesses. Je dois parcourir un chemin entre la montagne de la femme au rouge à lèvres et celle de l'homme au regard délavé. La matière s'acharne contre moi et ralentit ma route sous le regard paternel protecteur. Plus j'avance, plus le but se dérobe, il faut que je réussisse pour être à distance des barbares aux croyances et certitudes inquiétantes. Je me réveille, transpirante et tremblante, j'attrape mon crayon sur ma table de nuit pour retranscrire au plus près mon voyage nocturne torturé.

Cloche ou bourgeoise ?

À l'ombre des massifs d'hortensias, assise sur un banc, presque cachée, elle patiente sans attendre quoi que ce soit ni qui que ce soit. Simplement là, elle y sera, vraisemblablement, le reste de la journée mais aussi demain, le dos à la pendule de la mairie, le regard face à l'océan. Légèrement à l'abri de l'agitation, le regard dans le vide, son rouge à lèvres carmin détonne. Je ne vois que ça. Impeccablement passé, sans bavures autour des lèvres pourtant pincées, il est le signe de la qualité du produit mais aussi du soin mis à l'application. Des lèvres qu'elle a mordues, des mâchoires qu'elle a dû serrer à en faire crisser les dents. Je l'imagine se manger les joues pour se taire. La couleur vive m'attire comme la mouche sur le miel. La curiosité est un vilain défaut ! Je l'assume. Tant pis, j'irai en enfer, je veux savoir ou tout au moins imaginer. Une légère odeur de lavande, de celles des armoires de ma grand-mère, diffuse, les vêtements soignés peuvent aussi bien sortir du Bon Marché qu'être faits sur mesure. J'hésite entre : peu de moyens, beaucoup de goût et une pointe d'originalité, et : de gros moyens et plus le goût à rien. Contrairement à mon idée première, d'instinct, je me laisse aller à la seconde alternative. Vu sa très petite taille et son corps menu, j'en conclus qu'elle s'habille sur mesure. À y regarder de plus près, les couleurs sable que j'avais prises pour du blanc sale s'harmonisent avec goût et discrétion dans un camaïeu de beiges. La tunique longue, le pantalon large tirent parti du corps chétif. Ce pourrait être du lin. Étonnant qu'il ne soit pas fripé comme du chiffon. Là encore, la facture doit limiter les inconvénients de la matière. Les cheveux blonds décolorés, sans traces de racines, impeccablement tirés dans un gros élastique, finissent de me convaincre. Même les boots marron à bout rond et petit talon sont coordonnées au sac à main type Kelly. Son cuir grené, souple, bien entretenu témoigne également d'une bonne facture. Il repose à côté d'elle en compagnon fidèle. Peut-être n'a-t-elle plus que lui à promener à son bras. Le chic transpire un mode de préparation automatique, un rituel inchangé depuis des lustres pour accéder au côté rassurant et immuable de l'assemblage. Aujourd'hui, elle se contente de ce qui a fait ses preuves. L'envie d'améliorer son quotidien, de créer, d'innover ou d'oser lui a passé. Les habitudes sauvent la mise. Depuis toute jeune elle prend soin de se lever avant les autres afin de se présenter sous son meilleur profil. Se montrer non apprêtée, y compris au saut du lit ou lors de ses rares hospitalisations, aurait relevé du sacrilège et de l'insulte à sa généalogie. Hospitalisée, elle avait préféré se priver de visite, prétextant un besoin de repos, pour ne pas risquer d'être vue à son désavantage. Comme si, sans dents, pas coiffée et pas maquillée, elle n'était plus elle.

Désœuvrée, elle traîne son âme en peine, fait tout pour ne pas rester chez elle, enfermée dans l'odeur de fin. Le besoin d'air est plus fort que tout. Ses collègues et le travail pour l'occuper lui manquent. Sitôt ses droits à la retraite acquis, elle s'était retirée pour lui faire plaisir, rester avec lui. Ça lui apprendra à faire les choses pour les autres ! Maintenant, elle donnerait tout pour y retourner, faire un peu de « rab » pour ne pas se sentir au rebut. C'est vital. Il faut qu'elle respire de sa petite bouche et de ses frêles narines. Sortir à n'importe quel prix, n'importe où, quel que soit le temps, pour ne pas dépérir emmurée vivante. Sans amis ni enfants, avec nulle part où aller, désœuvrée, elle n'a envie de rien. Le cinéma l'ennuie, les boutiques l'indiffèrent, la nature l'indispose, le monde et l'agitation la rebutent. Trop timide pour engager la conversation, faire une demande, elle se replie, s'autosuffit, rapetisse et se ratatine. Trop jeune pour la gym adaptée ou le club de cartes, trop vieille pour le club de sport, le banc est son unique refuge. Elle lui avait donné sa vie. Depuis, elle peine à faire le minimum, consent tout juste à se laver, s'habiller, se nourrir. Pour en faire le moins possible, ne pas se rappeler les rituels devenus obsolètes, elle achète de ces plats surgelés tout prêts sans saveur qu'elle passe au micro-ondes. Ils ont tous le même goût – hachis Parmentier, pâtes carbonara, blanquette, veau aux champignons, bœuf carottes – et surtout, ils ont la même texture prémâchée. Elle les mange sans faim, par petites bouchées, debout dans la cuisine, à même la barquette, et finit invariablement, après quelques bouchées, par jeter le tout dans le vide-ordures. Seul le café, âpre et amer, à l'odeur infâme de réchauffé – peu importe qu'il soit tiède ou chaud – trouve sa grâce, comme une punition. Elle voudrait tant que tout s'arrête, le rejoindre, ne plus sentir le vide au creux du ventre. Les yeux vides, doucement, très doucement, elle compte. « À trois fois cinq cents, je change de place ».

Je la retrouve en milieu d'après-midi, sur le banc devant la station de taxis. Elle n'attend toujours personne mais se voit délogée par des clients bruyants. Elle se pousse sur le banc suivant, le regard rivé sur son sac.

Le jour suivant, il pleut, je la retrouve réfugiée dans la crypte Eugénie. Elle ne prie pas, tourne légèrement la tête de droite à gauche à la recherche d'un indice sur lequel s'accrocher. L'exposition temporaire de Kardesch, pourtant dans les couleurs blanches, ivoires, beiges dorés, n'attrape pas son regard. Elle s'en fout. Indifférente à la poésie de l'univers pictural et à la solennité du lieu, elle s'ennuie de l'air marin alors que je décrypte l'exposition à la lumière de son personnage énigmatique. La structure kaléidoscopique de l'exposition, les montagnes de corps, de tissus, d'architecture, me ramènent à elle et m'aspirent dans le jeu des illusions projetées. L'artiste parle d'hologrammes abstraits dont la composition change en fonction de l'angle de vue et de qui l'on est. Les photos résonnent dans mon imaginaire, l'hybridation de l'œuvre me renvoie à une autre possible hybridation entre générations de femmes. Je souris au bricolage qui laisse entrevoir la construction provisoire des œuvres. J'aime bien reconstruire la femme au rouge à lèvres au gré de mon imaginaire.

Dans l'après-midi, quand le ciel s'éclaircit, que la brume se lève sur la vierge blanche, Madame reprend ses quartiers aux abords du casino. L'impression de mieux la connaître me laisse croire qu'on est intimes. Le rouge à lèvres passe désormais au second plan de mon observation, je remarque ses joues hautes couperosées, ses yeux mouillés et toujours son regard vide. Sans aucun doute possible, si elle devait parler elle le ferait avec une savate dans la bouche. Je ne vois aucun cadavre de bouteille. Je sais pourtant qu'elle l'a consolée. Elle a bu pour oublier et certainement évité soigneusement de déguster pour s'en souvenir.

Un peu plus tard, inquiète, je la débusque au même endroit, allongée comme dans son salon, encore plus mal. L'alcool l'a autorisée à abandonner la position assise. Les convenances sont mises à mal, le sac en oreiller, pliée en chien de fusil, les chaussures bien rangées sous le banc, Madame fume ce que je prends d'abord pour une Gitane mais qui s'avère être un cigarillo. Sous emprise, la jolie poupée blonde semble se résigner à vivre pour elle. Son instinct la guide sur un nouveau chemin. Elle va devoir apprendre, il est peut-être encore temps. Pourvu que la bouteille ne l'emmène pas trop loin.

Gène BRCA1

Fin d'été, enveloppée dans le calme, Lucie farniente sur la plage. Le soleil rasant du soir lui chauffe le dos, la brume marine vaporise son visage. La discussion à voix basse des plus proches voisins, à une dizaine de mètres, ne parvient pas jusqu'à ses oreilles. Bercée par des sons indistincts, elle sait qu'il n'y a pas d'urgence mais reste vigilante. Sans connaître réellement le coefficient de marée, elle se doute que les vagues ne vont pas tarder à lui lécher les pieds. En météorologues avertis, les poils de ses bras aux aguets annoncent mieux que les nuages noirs l'orage du soir. L'océan l'appelle pour un dernier barbotage de fin de journée. Le maillot rajusté, elle traîne les pieds dans le sable, soulève les grains à la recherche de l'effet gommage. Le ballet des vagues vient à elle par cycles de trois. Alors qu'elle laisse faire les forces de la nature, elle s'attarde sur les deux triangles de lycra qui recouvrent la partie de son anatomie qu'elle préfère. La maille jadis bien serrée du lycra de la culotte gondole et fait une poche sur les fesses. Elle se tord le cou pour apercevoir, entre les deux fesses, la fibre du tissu qui laisse passer la lumière. De fil en aiguille, sans savoir pourquoi, elle bascule de l'usure du maillot à sa vie. Pour tenir son cap et ne pas se distendre, il lui a fallu en déjouer des chamailleries, des accros et des difficultés. À pas trente ans, la vie ne lui a pas fait de cadeau. Ses pensées se diluent tandis que ses yeux sont absorbés par le mouvement des surfers.

Ils la fascinent. Comme elle n'ose pas essayer, elle se contente de surfer sur les idées. Elle pense à une planche tandem qui déjouerait les lois de la naviga-tion. De longues planches biplaces aux formes qui fusionneraient pour être dirigées en tandem. Des planches à la peau abrasive qui pourtant s'épou-seraient et dont, bien sûr, l'utilisation nécessiterait d'être protégé. La danse reste magique, ils volent sur l'eau sans jamais se gêner, ou très exception-nellement. Le ressac, le vent, le balai sur l'eau, les voix assourdies la rassurent.

Dans le ciel nébuleux, des nuages sombres ap-prochent et le soleil s'éclipse derrière la ligne d'horizon. Dans une tentative de détachement des préoccupations envahissantes, elle sort de l'eau et

s'étale sur sa serviette humide. Sitôt à l'horizon-
tal, elle reprend le dialogue intérieur de ses expériences passées. Elle ne s'arrête pas sur la durée
des événements et ne retient que le plus intense des
situations ainsi que leur dénouement. Elle repense
à sa vie amoureuse, sa semaine à Londres avec
un boyfriend de passage, l'éternité passée avec
l'accro au sport qu'elle avait eu du mal à déloger,
l'épisode avec un homme de la nuit accro à un tas
de substances. Avec lui, sa survie n'avait tenu qu'à
un fil ou à sa bonne étoile. Professionnellement,
c'est certain, elle a toujours eu de la chance. Actuellement, c'est la maladie qui prend beaucoup de
place dans sa vie. Il faut dire que ça fait un certain
nombre d'années qu'elle fait de l'ombre à la famille. Sa mère, sa grand-mère, peut-être même son
arrière-grand-mère sont parties prématurément. Le
courrier du laboratoire confirme qu'elle appartient
à cette lignée de femmes avec un risque à 87 %
avant sa quarantième année. Elle s'accroche avec
l'énergie du désespoir aux 13 % restants, à son dé-
colleté. Elle prie pour un supplément de temps au
service du futur père qui accepterait son handicap
invisible. Sa demande lui semble légitime, un juste
retour, au regard des années volées avec sa mère.
Elle fait la promesse à qui veut l'entendre qu'elle
fera tout ce que la science veut après.

Alors qu'elle n'éprouve ni gêne ni douleur, depuis la lettre elle se sent en sursis et perçoit une urgence. Elle a la conviction qu'un message interne contenu dans son ADN diffuse une information délétère, comme une bombe à retardement. Les yeux fermés, à l'aide des moyens mnémotechniques de l'enfance, elle laisse enfler sur le nom de la maladie la houle des images qui lui donne corps. Tout est prétexte, « Mais où est donc Ornicar ? », « Caillou chou genou hibou joujou pou », « les chemises de l'archiduchesse sont-elles sèches archi-sèches ? ». Elle se saoule d'images en fouillant nerveusement le sable de ses pieds. Dans une tentative désespérée de rêve de midinette, elle s'accroche à la fée Clochette, à Peter Pan. Un instant elle s'égare dans un pays magique aux saveurs de l'enfance mais son âme d'un Bambi la ramène vite dans le monde des adultes. Elle s'imagine dans le corps d'une dame blanche de la forêt à qui son partenaire assure fidélité pour l'éternité. Elle souffle, se recroqueville sur elle-même, comme si elle voulait enfouir sa tête dans le sable et attendre que les années passent. Dix années à devoir compter sur la chance, l'épée de Damoclès au-dessus de la tête, lui paraissent une éternité. Agir maintenant et accepter la mutilation pour empêcher le pire, sans certitude qu'il advienne un jour, est trop aléatoire. Elle n'a jamais été joueuse. Qu'attend-elle au juste ? Un prince, un carrosse, une civière ? Elle regrette d'avoir perdu du temps à faire la fine bouche. Tourmentée par l'horloge biologique, elle n'accepte pas le deuil de la maternité et se perd dans ses comptes : un an pour l'opération, un an pour la reconstruction, un an pour trouver un papa, un an pour accoucher. Sans qu'il y ait urgence, elle sait qu'elle n'a plus de temps à perdre.

Mais, le courage pour changer le cours des choses, sortir de ses habitudes lui manque. Aussi bien pour minauder, sortir, faire la belle que pour s'attaquer à ses choix de vie. Elle est de celles qui verrouillent son espace privé. Faire le sacrifice de son intimité au titre de la santé et de la prévention lui semble contre nature. Sans se l'avouer, elle se cache et s'enferme de plus en plus. Elle croit en la science mais n'arrive pas à se l'appliquer à elle-même. Elle sait Google capable de détecter une nouvelle épidémie plus vite que les organisations de santé, elle est convaincue que la libre circulation de l'information réduit le risque au sens large. Pourtant, elle est perdue, engluée dans ses convictions, la fille qu'elle est, celle qu'elle voudrait être. Elle ne sait pas qui croire : les algorithmes, sa voix intérieure, la raison. Dans la tourmente elle ne sait où mettre le cap.

Sa mère lui manque tellement !

Dissociée entre les chiffres secs et l'émotion, elle envie la notoriété d'une Angelina Jolie. La double mastectomie serait moins douloureuse si elle avait une optique de prévention pour les autres. Tout au moins, il lui semble que la médiatisation ennoblirait l'acte et le rendrait moins injuste. Julie frissonne peut-être plus de peur que de froid. D'un revers de main elle chasse les larmes qui perlent aux coins de ses yeux couleur de pluie. Son cerveau tourne en boucle sur les dangers, les coûts et les suites de l'opération, des traitements, du suivi. La plage désormais presque totalement rongée par les vagues la pousse à rentrer. À contrecœur elle y consent en fredonnant du Carla Bruni, « le temps qui glisse est un salaud, de nos chagrins il s'en fait des manteaux ».

Accro

Ses mots sont devenus des promesses. Plus elle sait qu'il ne tiendra pas parole plus elle s'y accroche et plus elle est déçue. Gardienne scrupuleuse de son ornière, elle met un point d'honneur à ne pas en sortir, quoi qu'il lui en coûte. Elle s'efforce de ne pas comptabiliser les mois et les centaines d'éternités passés à attendre. Des dizaines de fois, justement et injustement, passées à lui en vouloir, à étouffer de jalousie. Celle de la liberté qu'il s'accorde à ses dépens, qu'il lui vole. Des jours et des jours, otage volontaire, les yeux rivés sur la pendule de la cuisine, à allumer et éteindre le gaz, à s'empêcher de faire ce qu'elle a à faire parce qu'il risque d'arriver d'un instant à l'autre. Même déçue, l'animosité qu'il lui inspire ne l'aide pas à moins souffrir. Jamais il ne s'excuse. Il a toujours un tas de bonnes mauvaises raisons.

Pourtant, indéniablement, il l'aime, l'admire et la vénère, la pense indestructible.

À la fois canne et ligne blanche, il lui délègue tout ce qu'il n'a pas le temps ou l'envie de faire dans une confiance sans limite. Il sait qu'elle fait mieux que lui. Elle est son bras droit, sa tête, ses jambes, son cœur. La partie de lui qui a la chance d'être la poubelle de ses humeurs et de ses contraintes. En public, il ne manque pas une occasion de la mettre en avant. Assuré de son soutien, elle peut bien l'attendre puisqu'il a plus urgent et important à faire.

Il admire la femme autonome qui le laisse libre.

Elle n'a plus la force, plus les dispositions pour absorber ses douleurs, plus envie.

Elle ne veut plus être le petit cheval blanc.

Elle ne le consulte plus, ne l'attend plus.

Elle n'attend plus que le bonheur vienne de lui.

Elle fait seule.

Elle a compris qu'il l'aimait mal.

Triste vengeance. Elle fulmine quand on lui dit qu'on ne peut désirer que ce qui manque.

Elle aurait tellement aimé le convaincre. Les ami(e) s et connaissances sont à leurs contraintes, leurs occupations, leurs vies. Ils veulent bien, une fois, l'emmener à la mer, au cinéma, voir une expo, au resto ; à condition d'être certains que ce ne soit pas trop souvent. Parce que oui, l'injonction à plaire perdure. En cas d'humeur maussade, même entre amies, on attend d'elle qu'elle s'abstienne.

Le refuge de l'écriture et de la lecture l'aide à patienter.

Et quand la mer le jettera usé sur la plage, elle espère bien le récupérer.

Elle n'a plus qu'à attendre, ou pas !

Épicurien

Jouisseur par essence. Qui pourrait m'en vouloir ?
Au pire, j'irai en enfer.

J'aime, mange, consomme sans retenue, m'accommode en conséquence des détracteurs morali-
sateurs, et suis d'un embonpoint confortable.

Que voulez-vous que je vous dise ? La fin de vie
de mon épouse ne s'inscrit pas dans mon projet de
vie. Je détourne donc volontairement mon regard
de son agonie sur le canapé. C'est juste insoute-
nable, je ne parviens pas à rester à côté, impuissant,
sans rien faire. Je me dis que je reviendrai plus
tard, si la médecine la sauve. Pour le moment, le
mieux que je puisse faire, c'est payer du personnel
pour qu'il s'en occupe et continuer ma vie ailleurs.
Je suis lucide, j'achète ma bonne conscience. Elle
ne peut pas m'en vouloir, tout au plus être jalouse.
Mes moyens financiers me dispensent du quotidien

de garde-malade et m'autorisent à m'adonner à ce que je fais le mieux : profiter. Non, non, ce n'est pas un gros mot ! Professionnellement, on me reconnaît une bonne capacité de délégation que je n'avais jusqu'alors pas expérimentée dans ma vie privée. Alors, je sais, je ne me bats pas pour prendre la place d'intendant auprès de ma femme, bien qu'elle ne doive pas être si inconfortable. Si la TV et le chat relèvent déjà du superflu, la médecine est la seule chose dont elle ait besoin.

Opportuniste, la trêve imposée à mon couple est le moment ou jamais pour répondre présent à la moindre beuverie chargée en testostérone et ainsi retrouver ma vie d'ado. Bien sûr, je ne l'aurais pas initiée mais elle se présente, voire s'impose à moi. Je ne peux quand même pas refuser une main tendue. À quoi bon résister ? Me sentir jeune, jouer les séducteurs, l'Aldo Maccione de service, et enlever des filles pour un soir comme si c'était pour la vie me donne des ailes. Ça faisait des lustres que je ne m'étais pas senti le roi du monde. Avec les potes, indépendamment des considérations matrimoniales et individuelles, c'est à qui mieux mieux sur notre tableau de chasse. La compétition stimulante et addictive qui s'instaure me pousse à y retourner le lendemain. J'aime déroger aux convenances.

Ma femme se meurt. Peut-être, peut-être pas, qu'y puis-je ?

Un autre que moi décide de l'ordre des choses. Me morfondre à côté d'elle, m'apitoyer, laisser passer la vie ne changerait rien. Un à souffrir, c'est déjà trop. Je ne suis qu'un homme.

J'ai mes endroits attitrés, le café du Marché ou du Commerce, quelques lieux de nuit regroupés sur la presqu'île. Les barmans, en bons commerçants intéressés, amorcent la pompe des consommations, brossent dans le sens du poil et préparent les lendemains arrosés : soirée Brésilienne, cocktail, Laurent Perrier, autant de prétextes pour revenir. J'y joue les initiés ; le rosé, le brut, la cuvée, le grand siècle, les cépages. J'y ai même mes bouteilles à mon nom. Je tiens plus souvent qu'à mon tour le crachoir, je récite mon savoir sur la robe, la couleur, les bulles, le nez, la tenue en bouche, les astuces pour le servir. Occasion de briller à bas coût, de rentabiliser mes cours de dégustation de Reims et mes participations aux ateliers d'œnologie d'Épernay. Je finis inéluctablement par les prix, sans omettre mon réseau relationnel et ses avantages tarifaires. L'attrait du prix, des gains éventuels, mieux qu'un attrape-mouche, fait le reste. C'est ça le business. Les photos et les réseaux sociaux prolongent mon plaisir. J'y participe en mettant à jour mes pages Facebook et Instagram. J'aime retrouver mes prouesses, mes nouveaux amis, amies, leurs commentaires. Chaque matin, huit heures précises, je mets un point d'honneur à petit-déjeuner avec ma femme. Je ne suis pas un monstre. C'est son moment. Alors qu'elle suce sa biscotte, je lui raconte et elle ne perd rien de mes sorties nocturnes. Sur son Smartphone, presque en instantané, elle me suit, muette, sans émotion apparente, comme si c'étaient d'autres qu'il s'agissait. Très assidue, elle commence sa journée par mon compte-rendu de vie nocturne, par moi en quelque sorte. Jamais elle ne fait une critique ou un reproche. Elle me dit, et je la crois, être contente pour moi.

Mais depuis quelque temps, il y a un cheveu dans la soupe. Une gentille mère célibataire, un peu pétasse sur les bords, s'accroche à moi plus que je ne l'avais prévu. Ennobli de sa présence, je ne suis pas insensible. Attiré par sa plastique et ses jupes trop courtes, l'instinct de propriété temporaire me fait du bien, d'autant plus que ma raison le justifie par le côté éphémère. Pour me plaire, elle prend tout ce que je dis pour argent comptant. Elle n'a pas inventé la poudre ni le fil à couper le beurre. Je viens de comprendre qu'elle se voyait déjà en novembre à la vente des hospices de Beaune à mes côtés. Si elle savait ! D'ici novembre, je serai passé à autre chose. Je suis connu là-bas, je ne peux pas me permettre de me présenter avec n'importe qui. Si je dois me passer de ma femme, il me faut au moins l'équivalent, une femme trophée, mais qui n'en jette pas trop, plus prestigieuse qu'ostentatoire. Elle commence à m'ennuyer. J'ai l'impression que les photos en sa compagnie sur mon profil font baisser ma cote. J'ai moins de « like » qu'avant. Mais qu'est-ce qu'elle croit ? Je ne suis pas le commis de service. Je ne vais pas lui porter ses packs d'eau et de lait au cinquième étage sans ascenseur ou lui réparer ses volets qui grincent. Ce n'est pas moi qui lui ai fait son chiard. Il faut que j'en parle à ma femme, elle trouvera une solution.

Le Premier Pied sur la lune

Sophie se souviendra longtemps de la sonnerie du téléphone du jeudi 3 décembre à 14 h 23. En pleins préparatifs de Noël, elle chantonne. Au son de la voix d'outre-tombe de sa patronne, elle sent l'inquiétude, même si elle est encore loin d'imaginer qu'elle puisse être directement concernée. Elle bascule, comme à travers un parapet, du calme serein à la dure réalité. Rendez-vous lui est donné mardi 15 décembre pour un entretien préalable au licenciement. Hébétée, elle hésite entre reprendre ses activités comme si de rien n'était, régresser en dehors du monde, lovée dans le canapé, tout envoyer valser, s'enfuir à tire-d'aile comme une adolescente. Une semaine durant, elle repousse le réel dans un confinement drastique. Rien ne sort, pas une pensée, pas une émotion ou un sentiment. Même si c'était prévisible, tous les signaux étaient au rouge, elle s'est laissé cueillir comme une fleur. Son naturel confiant lui laissait croire à la protection du chômage partiel et des aides de l'État. Alors que le froid insistant de l'hiver tambourine à la porte, une blessure de petite fille lui remonte à la gorge. Mi-janvier, l'affaire est close. Merci, il n'y a rien à voir. Elle s'en veut tellement d'avoir manqué de lucidité, tourne en boucle, pleine de colère. Le fait de savoir qu'elle était la plus ancienne, la plus vieille, la plus chère et que c'est donc normal que ce soit elle qu'on élimine ne rend pas la décision plus acceptable. Pour faire disparaître le poids des choses, envahie par des sentiments contradictoires, elle continue sa vie comme un petit robot, l'air de rien. En surface rien ne transpire, tout au plus quelques souffrances murmurées. Elle avance avec la régularité qu'une pendule comtoise entre le jardin, la machine à coudre qu'elle a ressortie, la pâtisserie, le bricolage, les services rendus aux uns et aux autres, tombant de fatigue le soir venu. À se demander où elle trouvait le temps de travailler avant.

Mi-février, son mari n'en peut plus, lui qui d'habitude garde les mots en lui comme s'ils étaient rares ; lui qui conjugue gestes, regards et soupirs en lieu et place de sujets, verbes, compléments, déverse d'une traite des mots salés comme des larmes. Il affirme que ça ne peut pas durer, qu'elle ne peut pas faire semblant éternellement. S'ensuit une violente dispute pleine d'incompréhension sur fond d'attachement. Joueur et compétiteur, conscient qu'il joue gros, il tente le tout pour le tout et se lance tel un acrobate, sans filet.

– Tu ne peux pas te consumer comme ça indéfiniment, on dirait un papillon écervelé. Belle robe mais quand même ! La proposition n'a rien de démocratique. Tu trouveras dans le dressing un calendrier de l'avent. Je ne suis pas raccord sur les dates, je te l'accorde. Par contre, sois certaine qu'il s'agit bien de l'attente d'un messie qu'il s'agit, mais pas du footballeur ! Tu vas devoir te dépasser et accomplir un défi par jour ; Je te donne rendez-vous dans un mois pour faire le point. D'ici là, inutile d'en parler, pour moi le sujet est clos.

Rebelote, c'est la deuxième fois que Sophie est sonnée en peu de temps. Elle voudrait ne pas comprendre, réprime sa colère, déteste ce patriarche qui décide et fixe les règles, qui la joue comme aux dés sur un tapis de jeu. Elle voudrait ne rien changer, garder son cap et ne pas écouter son invitation à l'introspection. Elle trouve sa façon d'aimer amère et égoïste. Elle regrette qu'il lui demande à nouveau de prouver qu'elle est bien celle qu'il aime plutôt que de l'accompagner en lui donnant le mode d'emploi pour s'en sortir. Elle pleure de se sentir seule, sans main à tenir. Enfant déjà, c'était le piano, les patins à roulettes, le vélo qui avaient été livrés sans partition ni mode d'emploi ou professeur. Des cadeaux empoisonnés qu'elle n'osait pas toucher de peur d'échouer. Elle finissait toujours, dans une prise de risque inconsidérée, par les approcher, en quête du regard fier de ses parents. Ils ont fait d'elle une belle névrosée. La peur de l'abandon retient ses paroles cassantes. Elle marmonne, juste assez fort pour qu'il l'entende :

– Tu as trop fantasmé sur *Cinquante nuances de Grey*, tu te prends pour un autre !

Pleine d'hésitation, entre tendresse et colère, elle vacille entre merci et « fuck you ». Doit-elle lui tenir tête ou fondre dans ses bras ? Elle ne sait s'il est altruiste et suicidaire ou opportuniste. Elle finit par se laisser faire en se disant qu'il sera toujours temps de faire marche arrière. L'acceptation ne l'empêche pas d'imaginer le pire, de se voir embarquée dans des défis et des pratiques inavouables. Parfois son imaginaire chaud bouillant l'oblige à placer sa respiration plus bas, dans le ventre, loin du cœur. Le début d'année passe comme le souffle du vent. Sophie s'étonne de l'esprit créatif de son partenaire, elle se prend au jeu malgré elle. À travers les challenges quotidiens, elle constate qu'elle a auprès d'elle un homme généreux, fin et subtil, un de ceux capables de voir au-delà de ses propres intérêts. Elle se remettrait presque à croire de nouveau au prince charmant. Tout n'est peut-être qu'une question de mode d'emploi ! Lucide, elle se doute du plagiat de quelques livres de développement personnel, mais l'effort n'en est pas moins touchant. Les défis ciblés sont la preuve qu'il a mouillé sa chemise et qu'il s'est creusé la tête. Visiblement cet homme la connaît bien. Elle sourit en l'imaginant à l'œuvre, mouillant ses lèvres de sa langue, penché sur ses petits papiers tel un petit garçon appliqué.

Il a tout mis : se brancher sur 93.7, chanter les titres français à tue-tête, contourner des interdits, se dépasser, la méditation guidée, des phases de contemplation plusieurs fois par jour, des lectures et des films ciblés, l'écriture de la liste de ses envies, se faire belle, réaliser des dessins sur le thème de demain, imaginer le plan d'une prochaine maison, choisir une pensée et la tenir toute une journée…

Les objectifs journaliers prennent plus de place que prévu. Sophie reste calme et appliquée, les défis l'accompagnent jusqu'au coucher, comme s'ils venaient nourrir ses démons intérieurs. Elle s'interroge sur la force de l'amour, se demande s'il l'aimerait toujours sans corps. Préoccupée par la question de l'enveloppe, la crainte d'être aimée pour son physique la porte à contre-courant. Sans aller jusqu'à s'enlaidir, elle a du mal à se faire séduisante et ne fait rien ou pas grand-chose pour s'arranger. Il ne fait aucune remarque. Tant et si bien qu'elle ne sait plus si c'est le défi qui prend de la place ou son mari qui gagne du terrain. Elle s'avoue sans fierté avoir consacré sa vie à faire briller l'argenterie plus que son mari. Pourtant, elle lui en veut encore de sa façon de faire, elle hésite à lui confier son regain d'intérêt et son admiration. La peur qu'il prenne de l'assurance et s'échappe vers une autre n'est pas pour rien dans sa retenue.

Début mars, le temps imparti s'étant écoulé, dans la peur du jugement et par crainte de devoir argumenter, elle lui écrit une lettre d'invitation au départ.

« Tu as décidé de façon unilatérale le mois de défis, je revendique le droit de disposer d'un seul et même défi pour le reste de ma vie. Je ne sais ni comment ni où, mais ce dont je suis certaine, c'est que c'est une question de vie ou de mort. De vie surtout ! Malgré tout l'amour que j'ai pour toi, je suis désolée, je ne peux te protéger. Si tu veux, je t'emmène dans mon sillage. En tout cas, quoi qu'il advienne, moi, je change, je pars – si j'osais, je dirais « je me casse ». Je vais habiter tout là-haut où tout est si beau. Enfin sera !

Je n'en peux plus d'être en libre-service. Tout le monde quémande, par téléphone, courrier, à la radio, la TV, au coin de la rue, chez les commerçants, à la maison. Ça ne suffit jamais, je n'en peux plus de donner à l'infini de l'énergie, de l'argent, de l'affection, de l'attention. La source est tarie, je suis fatiguée. Pourtant, je refuse de succomber au désenchantement universel et de renforcer l'accablement. Je veux ralentir avant que l'âge ne me l'impose. J'ai abandonné les formules trop polies, j'assume vouloir au lieu de souhaiter. Je suis pleine de regrets de ne pas avoir pris le temps de regarder les trésors que j'avais sous les yeux. Le temps est venu de me déplacer d'un point A à un point B le plus doucement possible, de prendre le temps de regarder pousser les choses, de voir grandir les plantes, les arroser, les bichonner, les protéger. J'ai envie de ramasser des bleuets, des pâquerettes, de l'aubépine, de l'herbe au charpentier pour tresser des couronnes de fleurs à porter ou à déposer sur une table. Toutes les nuits je rêve de fuite, de refuge où le pain lève au pétrin loin des étuves en inox sophistiquées qui condensent le temps. Chaque matin, je me console d'une tranche de pain grillé, le nez en l'air, à la recherche de l'odeur du levain. Je suis convaincue que m'éloigner de l'austérité me rendra heureuse. Je suis revenue de l'idylle familiale à laquelle je me suis accrochée. J'ai compris qu'idylle et famille formaient une association de mots qui se contredisent – je crois qu'on dit un oxymore mais maintenant je m'en moque : tout ce que je sais, c'est qu'on peut difficilement avoir les deux en même temps. J'ai eu l'un, il est grand temps que je passe à l'autre, même si ce doit être un feu de paille ou une passion solitaire. Je suis prête à payer le prix. J'entends déjà tes objections terre à terre : je suis une bobo, une enfant gâtée pour qui tout est possible, *mainstream* comme tu dis. La honte suprême, ce qu'il faut éviter à tout prix. Eh bien, oui, tu as raison, je n'ai pas trouvé ça toute seule, je ne suis pas aussi géniale que ça, le courant du « slow » m'influence. C'est mon tour, j'ai décidé, comme une grande fille, de m'offrir le luxe sans nier l'horreur du monde, bien au contraire, de choisir. Quoi qu'il m'en coûte, projet farfelu, je te l'accorde, je vais consacrer le reste de ma vie à contourner le laid, retrouver le goût des choses simples, prendre du plaisir là où je n'en voyais plus. Ça peut paraître bateau. Fais-moi confiance, je te jure que j'ai envie d'y croire. Chaque jour, comme je choisis mes vêtements, je vais choisir du soir au matin d'illustrer par mon mode de vie une pensée. Comme d'autres cherchent la performance, mon travail consistera à développer l'optimisme. J'ai bien l'intention de réinventer le monde à ma hauteur, avec pour toute arme ma confiance et ma vulnérabilité. Les moyens ne m'inquiètent pas. Le « slow » s'accommode du moins. J'aspire au confort simple. Je suis trop bourgeoise pour habiter une yourte et pas assez communautaire pour vivre dans un kibboutz mais je pense être capable de me satisfaire de peu. La terre ne s'arrêtera pas de tourner, voire elle ne s'en portera que mieux, si je ne m'achète pas une tonne de vêtements, ne m'abonne pas au téléphone et à Internet et ne passe pas le reste de mon salaire au supermarché. Je suis désolée. Je t'aime du mieux que je peux, pas toujours comme tu le souhaites. L'heure a sonné.»

Son époux attendri par le côté utopiste de la lettre n'y croit pas. Il garde les mots en lui, se dit qu'il n'a jamais eu les clefs, qu'elle sera toute sa vie un mystère, sa Martienne. C'est peut-être pour cela qu'il l'aime ! Dans le flux des habitudes et contraintes d'homme important, il l'observe en silence et cogite. Il n'a pas saisi qu'elle l'invitait aussi au voyage. Il cherche une solution, des divertissements. Il se raccroche à ses méthodes, plan, arbre des causes, méthode QQOQCP (qui, quoi, où, quand, combien, pourquoi). Mais toutes les méthodes du monde ne peuvent rien contre le départ de Martiennes. En mars, elle est partie. Le 26 mars 2021, Sophie ne rentre pas, ses économies ont disparu, quelques vêtements confortables et quelques livres manquent dans l'armoire. Sur le bureau, en lettres majuscules, ces quelques mots : «Si tu l'oses, cherche-moi et trouve !». Salope. La cuisine inondée de colère, il frappe du poing sur la table à s'en faire rougir les phalanges. De grosses larmes d'enfant dégoulinent de ses joues, il jure et vocifère avec l'élégance du désespoir. C'est trop tôt, tu ne peux pas me faire ça, tu n'as pas le droit. Je te hais. Tu supposes que je vais tout quitter simplement parce que tu t'imagines marcher sur la lune. Comme si cela suffisait pour que j'y pose le premier pied ! Je t'en veux tellement d'avoir raison.

La Belle Dormeuse

Samedi 26 octobre, plage du casino, 14 h 21, coefficient de marée 111, pleine mer à 16 h 23, on sonde
le paysage, on se baguenaude au milieu des passants parsemés. La plage réduite à sa plus simple
expression par les vagues, simple langue de sable
coincée entre le territoire des passants et l'eau tourmentée, n'a plus grand-chose de la Grande plage
des cartes postales. La marée oblige à se réfugier
sur de rares îlots de sable sec en hauteur ou sur les
pierres du promontoire. Parmi les vacanciers offerts
aux derniers rayons du soleil, une scène, belle, impudique, émouvante.

Perpendiculaire à l'océan, dos à dos, un couple de
sexagénaires fait la paire. Lui, face à la grande bleue
devenue grise, le crâne dégarni, le teint hâlé, légèrement enrobé, feuillette un magazine. Il inspire la
confiance et la sécurité. Il a tout du bon vivant, du

bien nourri. Elle, commune, ni belle ni moche, le cheveu court sur des tempes grisonnantes, dort, la bouche grande ouverte. Elle laisse voir une bonne part de sa dentition. On pourrait presque compter les plombages. Adossée à lui confortablement, les épaules tombantes, elle sommeille et me fait face. Quelque chose d'impudique et lascif, presque sensuel se dégage de la profondeur de sa bouche, une impression de s'être introduit par effraction dans l'intime de sa salle de bains, voire dans la chambre parentale.

J'imagine que la Bovary de l'instant, promise au devenir de femme au foyer comblée, n'a certainement pas attendu quarante ans de mariage pour se reposer et compter sur lui. Elle doit le faire depuis belle lurette. Ponctuellement, je la soupçonne de déroger à l'ordinaire, guidée par la curiosité, le goût des expériences nouvelles. L'exercice sur les chemins de traverse revêt alors un souffle illicite libérateur. Au-delà des contraintes, elle entretient son rêve de prince et de princesse, qui lui permet de vieillir le sourire aux lèvres sans crainte de l'éventuelle intrusion de mouches. Le romanesque est éternel !

Lui, quand il n'est pas sur la plage, porte inlassablement ses costumes bleu marine ou gris de bonne facture avec des chemises slim et des chaussures assorties à sa ceinture. Il a l'habitude de se mettre en valeur, donne à voir le meilleur de lui-même d'autant plus facilement qu'il délègue l'entretien de sa panoplie à sa femme. Il réserve le caleçon distendu et le tee-shirt publicitaire à l'intime. Ancien commercial chez un concessionnaire automobile de prestige, il était bon, même le meilleur. Il a fait la différence avec la juste distance qui anime et entretient le lien sans trop. Quand il venait aux nouvelles ou lançait une invitation, il n'insistait jamais, n'avait pas d'objectif à court terme et surtout, jamais rien à vendre en première instance. C'est justement ce dernier point qui l'a rendu incontournable, sa marque de fabrique sécurisante. Il en a ferré des clients en soif de reconnaissance ! On aurait pu croire qu'il faisait partie des murs de la concession tellement il était associé à la marque. Pourtant il n'était que simple vendeur. Mais quel vendeur ! Désormais retraité et peut-être heureux ?

Elle, depuis toute jeune, s'adonne aux pratiques normalisées mais non moins douloureuses du toilettage en profondeur. Rien n'est épargné : élagage des sourcils, teinture des cils, épilation des aisselles, jambes et bikini, frisage ou lissage des cheveux. Elle s'adonne sans compter à toutes ces choses qui font mal et lui rappellent que la beauté n'a pas de prix, elle se mérite. Rien n'est trop douloureux pour rester belle.

Dans le couple, dès leur rencontre, elle a été la belle princesse, lui le chevalier protecteur sur lequel on peut compter. Ils ont fait leur vie comme ça, d'un commun accord. Au début, il était plus d'accord qu'elle, il la promenait comme un trophée. Puis, elle s'en est accommodée pour finir par faire avec. En échange de sécurité et protection, elle lui concède de menus services. Elle paie de l'intendance quotidienne et met un point d'honneur à lui faciliter la vie, lui laisse à penser que le réfrigérateur et le dressing sont auto-alimentés, les vitres et la vaisselle autonettoyantes, le linge auto-clean. Elle est cette petite main invisible, celle dont on dit que derrière tout homme il y a une grande femme. Elle pourvoit au moindre besoin pour éviter la rupture de stock et les grains de sable dans les rouages. Sans prise et sans objet, avec elle, les disputes et les discordes n'ont pas loisir d'éclore. En reine de l'organisation, elle anticipe et pense pour deux, décide de ce dont il pourrait avoir envie ou besoin et s'adapte en fonction.

En contrepartie, là maintenant, elle dort du sommeil du juste, sans scrupule, le prend pour béquille en otage. Elle l'utilise sans culpabilité aucune, l'empêche de bouger même s'il a des fourmis dans les fesses. Elle se contrefout de son inconfort. C'est son tour, elle profite. Leur relation en alternance, pleine d'habitudes, de rituels et de compromis, est sensuelle et reposante comme quelque chose de gravé dans le marbre. Pour autant, en voudrais-je ?

Je laisse enfler la houle de mes pensées et observe à quelques mètres un autre couple qui, faute d'un choix commun, s'est installé à dix mètres de distance l'un de l'autre. Elle, tout à la lecture d'un roman, contre le parapet de pierres sécurisant mais inconfortable et froid ; lui, échoué sur une mini dune de sable, le casque audio sur les oreilles, parcourt les pages du journal *Le Monde*. Il dort d'un œil, guette les vagues pour ne pas se faire surprendre. La préviendrait-il d'un assaut de l'océan ? La laisserait-il à son indépendance ? Joueraient-ils chacun pour leur camp ? L'un à proximité de l'autre plus qu'avec l'autre, ils semblent pourtant savourer leurs choix respectifs ponctuellement différents. Peut-être n'ont-ils pas abandonné l'espoir de protection de l'autre. Pourquoi l'auraient-ils fait ?

Je ne suis sûre de rien et encore moins certaine que le choix libre des pierres du parapet soit *in fine* plus confortable que l'îlot de sable ou le dos chaud d'un conjoint. La liberté se niche dans des endroits improbables et peut parfois se payer cher. Toute considération philosophique mise à part, à peine rentrée, je me rue sur un site de vente en ligne pour acheter une fouta de plage deux places, format XXL, 100 % coton bio, made in France, livrable dès le lendemain. Mieux vaut prévenir que guérir !

La Coureuse du promenoir

Depuis plus de trois ans, régulièrement, entre océan et golf, mes foulées empruntent le fief des Biarrots et des Biarrotes. Je me laisse emporter par la bonhomie basque et leur nature accueillante et ils me concèdent volontiers une part de leur territoire en me saluant à chacune de mes sorties d'un geste de la main ou d'un sourire. Je suis addict, j'en redemande, c'est bon de se sentir reconnue et acceptée. Trois fois par semaine – c'est mon chiffre fétiche –, j'use mes baskets, de la plage du casino à l'Adour, 16 km aller/retour pour un bien-être incomparable. Je cours seule pourtant, je ne le suis pas. L'océan, son odeur, son bruit, ses couleurs, le vent et les doux rayons du soleil m'accompagnent. Mais ce n'est pas tout, en fait, courir est le prétexte. Pour de vrai, je chasse la brune à la coupe à la Lady Diana et aux yeux noisette.

Ce doit être une habituée. Sans pour autant avoir le teint des locaux, je parie qu'elle habite le coin à demeure. Elle ne peut être une simple touriste. Certainement une ancienne sportive de haut niveau. La quarantaine, tout en elle respire l'équilibre, la discrétion, la mesure et la modestie. Un pilier sur lequel on peut s'appuyer. Elle court *a priori* sans effort, le sourire aux lèvres, le regard vif. Ses tenues de sport classiques et pratiques n'en jettent pas, elles se résument à un short noir souple, pas de ceux moulants des runners, un tee-shirt manches courtes blanc, parfois rose. Ni bijoux ni clef ou téléphone dans la main, pas de montre pour calculer sa vitesse ou ses calories. L'essentiel sans superflu ni signe d'appartenance. Logée dans une maison du centre-ville, elle doit cacher ses clefs dans un pot d'hortensias. Je reconnais de loin, entre toutes, sa course athlétique légère et fluide, ni pronatrice ni supinatrice. Solitaire, elle n'a besoin de personne pour se motiver et trouver son rythme. Elle respire la ténacité, le déterminisme et le courage. Sa vitesse de croisière, plus rapide que la moyenne des runners, l'amène à slalomer entre les coureurs, mais toujours avec le sourire. Visiblement, elle fait ce qu'il faut pour garder la forme, le sport fait partie de son hygiène de vie.

Comme elle occupe mes pensées, je l'imagine professeur de sciences naturelles au lycée René Cassin de Bayonne, sans mari ni enfants. Je la vois consacrer sa vie à l'éducation et un peu à elle-même. Elle n'a pas pris le temps de rencontrer l'homme de sa vie et encore moins de faire des enfants. Le temps de courir est pourtant sa seule part d'égoïsme, le reste est orienté vers les autres. Très active dans le journal de l'école, impliquée dans la vie scolaire, dans les projets de permaculture, de développement durable, les élèves l'adorent; Je les imagine lui dire « bonjour madame » hors de l'établissement.

Je scrute l'horizon, sur les chemins de la forme le long de la grande plage. C'est comme si la petite chambre d'amour, la plage du club, des sables d'or, Marinella, des Corsaires, la petite et la grande Madrague, la plage de l'Océan, des Dunes, des Cavaliers et de la Barre – oui, dans cet ordre, croyez-moi – n'avaient d'yeux que pour elle. Souvent elle est en avance sur mon horaire. C'est une lève-tôt, elle part avant huit heures. Jusqu'à l'année dernière elle faisait toujours le même trajet, dans le même sens. Cette année, elle alterne; tantôt je la vois de face, tantôt de dos, tantôt elle me croise sur le retour, tantôt elle me sert de lièvre et j'augmente la foulée. À deux reprises, je l'ai vue courir accompagnée, j'en ai été jalouse. Je me suis dit que ça pourrait être moi, que je pourrais un jour courir avec elle. La première fois, c'était un homme, insignifiant somme toute, visiblement sportif entraîné

avec lequel je lui ai imaginé une aventure amoureuse. La deuxième fois, c'était une femme légèrement plus âgée et plus lourde qu'elle. Je n'ai aucun
souvenir de son visage mais je sais qu'elle ne m'a
pas fait envie, courir aux côtés de ma belle brune devenait beaucoup moins prestigieux quand elle faisait ce que j'appelle du social. Je voudrais gommer
cette fois de ma mémoire, ne pas être allée courir
ce jour-là. Je ne sais que faire de cette scène qui ne
colle pas au personnage. Jusqu'ici, ma belle brune,
pas si belle que ça d'ailleurs mais belle à mes yeux,
stimulait mon imaginaire, c'était la récompense à
mon effort, voire le but de ma course. L'idée d'un
petit supplément aléatoire, jamais certain mais toujours possible était mon secret. La quête du bonheur
d'un sourire de quelqu'un qui me reconnaît me fait
presque basque ou sportive même si je sais au fond
de moi que je ne suis ni l'une ni l'autre. Les rares
fois où je rentre bredouille, je suis déçue, comme
si la course avait manqué de saveur. Accrochée aux
bruits du ressac, il me manque quelque chose. En
fin de parcours, je mollis, le rythme baisse comme
si je voulais lui donner une chance d'arriver. J'ai
tendance à l'attendre, jusqu'à finir par marcher
avec le sentiment de « foutu pour foutu » ou de « à
quoi bon ». Les jours sans son « bonjour » appuyé
sont des jours sombres. Pourtant sa reconnaissance
fugace est plus qu'éphémère, juste le temps d'un

croisement. Jusqu'alors, nous avons échangé tout au plus dix mots.

Hier était un jour particulier. Alors qu'elle était devant moi et que je la coursais, je me suis particulièrement accrochée pour finalement arriver à sa hauteur. Tout en courant, je me suis autorisée à dépasser le « bonjour » rituel.

Anna, quarante-deux ans, célibataire, d'origine espagnole n'est pas professeure. Elle fait partie de ces industriels du port de Bayonne qui investissent du temps et de l'argent surtout pour verdir leur image. Elle habite l'appartement tout confort au-dessus de l'usine familiale qu'elle décrit sans charme et fonctionnel. Certains héritages semblent déterminants et, en tout cas, plus lourd à porter que d'autres. Elle surfe sur la vague du commerce équitable déculpabilisant l'acheteur et le vendeur tout en expliquant qu'elle pourrait sauver le monde si on consommait ses produits. Adepte du greenwashing[1], qu'elle prononce avec l'accent, à défaut de sauver le monde elle s'enrichit et pollue un peu plus les eaux du fleuve.

Je ne fais pas de lien de cause à effet mais je constate que depuis cet échange, j'ai tout simplement perdu le goût de courir. J'y vais avec moins d'entrain et sur

---

1. écoblanchiment.

le parcours me demande ce que je fais là. Comme si j'avais cassé un jouet. Je continue par habitude, pour l'hygiène, tout en étant moins convaincue et moins assidue. La vitesse de croisière a nettement ralenti, comme si mon cerveau n'avait plus de grain à moudre pour faire avancer les jambes. Je cours à vide, somnole en mode automatique, je mets un pied devant l'autre sans pensées ni images. Le plus triste, c'est que je ne profite même plus du paysage, je n'entends plus l'océan mais seulement les cris des promeneurs qui me dérangent. Je ne sens même plus la douceur du climat. La brutalité du réel m'agresse. Je ne suis plus certaine de vouloir continuer, me réinventer une histoire au risque d'à nouveau la perdre. Pourtant, lorsqu'un coureur me double, une étincelle persiste, je le prends instinctivement en chasse. Le lièvre me réveille, et me remet malgré moi dans l'ici et maintenant du paysage. Comme par magie le bruit des vagues se réveille, la machine repart puis s'arrête sans crier gare.

Hier, à mi-course, je me suis arrêtée au premier bunker pour profiter. C'est nouveau. Couchée sur un banc de bois, dans le bruit océanique, offerte au soleil d'automne, j'ai savouré le bruit des vagues et le souffle du vent sur la peau. Le temps s'est arrêté, des parents attentionnés m'ont fait cadeau d'adresser des « chut » à leurs enfants au regard de mon repos. La reconnaissance respectueuse m'a fait un bien fou. La nuisance de cet instant la plus prononcée dont je me souvienne reste le halètement d'un chien. C'est dire si c'était un bon moment. Tellement bon que, sur le chemin du retour, légèrement à l'ombre, j'ai voulu vérifier que c'était bien réel. De nouveau allongée sur le banc frais, j'ai entendu de nouveau l'océan, senti le souffle du vent. Partir a été difficile, il a fallu s'arracher. Je serais volontiers restée là, sans lendemain. Depuis, un regret me taraude, le sentiment d'être passée à côté du doux. Le doute me fait payer cher les bribes de douceur. Les plaisirs solitaires éloignent du milieu des sportifs mais donnent accès à un univers insoupçonné. Je ne me demande pas ce que je fais là.

Un long chemin jusqu'à soi

À l'époque des bacs à sable, de petits riens et des cheveux longs font toute la différence. L'omerta étouffe la féminité blafarde et pâle invitée dans le brouillard. Le pantalon rouge sur ses jambes frêles attire les rayons d'une lumière étrange. Seul, enfermé dans les pourquoi, il creuse les racines boueuses des origines et des causes et finit par ouvrir la boîte de Pandore.

Sourd à la différence du dedans, dans l'entre-deux, réfugié dans des interstices, il pose et travaille sa voix afin qu'elle soit plus claire. En cachette, maquillé et déguisé en princesse, il exulte. Du dedans, plus «elle» que «il», il s'adapte et tente l'accommodation pour ne pas déranger. La peur du rejet lui fait répondre à la moindre des attentes. Servile, programmé pour plaire, les ombres menaçantes du conformisme ambiant polluent ses rêves, l'obligent à la contorsion, tordent son individualité en construction. Fragmenté et malléable à merci, il prend plus souvent qu'à son tour la forme du désir de l'autre.

Puis, le temps de la réalité crue et froide s'impose, l'éclairage de plus en plus brutal de l'âge adulte accuse les traits et converge sur le féminin. L'usurpateur en costume se satisfait du compromis des vêtements unisexe, s'identifie en creux dans des étoffes et des cheveux flamboyants portés en crinière. Le dedans extrêmement bruyant et percutant tambourine, le «je» adulte se démène. Face aux clichés gros comme des baraques à frites, il effleure le plaisir acide à se démarquer. La question du choix s'épuise, les cheveux deviennent un détail. Comme l'ordinateur, il passe du système binaire au quantique. Il s'*empuissance*, les sédiments se déposent doucement pour faire limon. Il soutient les regards et arpente les allées des grandes enseignes féminines sans craindre le rejet et la réprobation. Le regard franc, dirigé droit devant, il cesse de s'excuser de la confusion, même s'il cherche toujours et encore à plaire. L'hésitation entre Monsieur ou Madame le fait sourire; non seulement il l'accepte mais il trouve ça normale. Même si son numéro d'assuré social commence toujours par un 1, Camille en prénom d'usage trouve sa place sur sa carte d'identité.

Enfin, la matière devient douce, la lumière filtrée

dévoile la femme dans un corps d'homme. Tout en sachant que les traitements attaquent son espérance de vie, du sang de velours coule dans ses veines. Le «je», sans standing ovation, sans félicitations du jury, ni éloge en quatre volumes cousu de fil blanc, dessine un troisième sexe serein mais soucieux de ne pas déranger l'ordre établi. Le sujet à deux têtes marie les antipodes avec harmonie, les cheveux à hauteur d'épaule rangés derrière les oreilles enluminent ses tempes dégarnies légèrement grisonnantes. Progressivement, reconnaissant envers les médecins et la science qui l'ont mis sur le chemin du bonheur, il reprend le pouvoir et n'attend plus d'être sauvé par quiconque. Les jours plus fastes deviennent moins chastes. Rassemblé, sans faux-semblants, il trouve la clarté et l'harmonie et supporte désormais l'éclairage direct. Tous les chats dans la gorge renvoyés, les inflexions mélodieuses de sa voix longuement travaillée avec le phoniatre résonnent dans les plaidoyers et les manifestations transgenres. À distance de la sexualité vanille et du culte de Sade, tout comme en cuisine il prône les saveurs des repas sans viande, il promeut la version tofu-tempeh de sa sexualité. À la bonne place, il plaît ou déplaît, s'en accommode, vit et insuffle la tolérance de l'intérieur, porte le féminin au plus profond de son être, dans sa façon de vivre et sa sensibilité plus que dans des robes.

La Salle d'attente

Paillasson d'entrée dans la vraie vie, passage obligé pour accéder à la clarté, tout aussi indispensable et nécessaire que la consultation, je n'y avais jamais croisé personne. Je n'avais jamais pensé qu'elle pouvait être occupée par une autre personne que moi. Qu'elle soit un lieu partagé m'interpelle, un lieu de coworking me dérange franchement.

Je prends soin d'arriver à l'avance pour me préparer dans la pièce soignée et borgne, d'à peine 15 m², à l'odeur personnalisée. Tel le sportif qui anticipe sa course, je prépare la séance. C'est l'un des rares lieux où je suis riche de temps, un cadeau que je me fais, moi qui en manque toujours. Ici, la vie s'arrête, je la pose et l'observe minutieusement. Du travail d'orfèvre où les détails font toute la différence.

Par l'entrebâillure de la porte, l'odeur de patchouli dynamisant s'échappe ; les livres à emprunter et à rendre sur les étagères sont imprégnés de ce parfum que je ramène chez moi. Quand je les garde longtemps, je les sniffe.

9 h 45, le 8 janvier 2020, surprise, la place est prise.

Ma place.
Stratégique. Celle qui donne un coup d'avance, celle d'où l'on voit avant d'être vue. Abasourdie, je me contente d'une place de repli avec la forte envie de faire demi-tour et l'idée lancinante qu'une ennemie s'est infiltrée chez moi par erreur ou, pire, avec une intention malveillante. Ce ne serait pas pire si elle était rentrée dans ma salle de bains.

La belle rousse plantureuse assise sur une fesse en impose. Elle me décoche un « bonjour » furtif peu engageant auquel je réponds contrainte, par politesse. L'insécurité anxieuse s'invite dans mes veines. Méfiance ! Elle va me piquer ma place. Sa tenue des années soixante lui donne un air de comédienne has been. Tout y est, rien ne manque, la robe à pois, les talons, le serre-tête et le manchon pour les mains. Bien qu'elle soit assise, je devine sa taille fine comprimée dans la ceinture, les seins débordent de l'encolure. Sur le siège à côté, un lourd manteau laisse voir une doublure rouge vif. La qualité laisse supposer la valeur de l'étoffe, la façon dont il est plié, le côté méticuleux de sa propriétaire. On ne peut pas la louper. Sans savoir pourquoi, je l'imagine jouer dans des pièces musicales colorées et bon enfant.

Je sens une légère colère empreinte de jalousie. Elle doit être connue. Qu'est-ce qu'elle vient chercher ici ? Ce ne doit pas être n'importe qui pour que ma psy lui donne ma place. Elle n'a sûrement pas pu faire autrement. À moins que…

Ce n'est pas l'envie qui me manque de consulter Google.

Déguisée en oignon pour cacher mes formes, « gonnée » plus qu'habillée, je suis très mal à l'aise. Même pas un manteau pour sauver les apparences, cacher mes guenilles. Je transpire la fille sans goût ni grâce ou, pire, négligée. Pourtant, m'habiller est quasiment ma seule activité de la journée ; j'y consacre une bonne heure chaque matin. Exercice de haute importance, j'essaie les tenues à la suite les unes des autres pour systématiquement arriver à une conclusion négative et me rabattre sur un vêtement informe et sans saveur. Heureusement, les chaussures me consolent. J'en trouve toujours une paire coordonnée qui me plaît dans ma collection de baskets. Mes pieds, au moins eux, portent bien l'habit.

J'hésite, comme échappatoire, à plonger dans mon téléphone. Je prends sur moi, me ressaisis. La curiosité est plus forte, il faut que je sache. Sur mes gardes, alors que la jalousie diffuse franchement, j'entends bien reprendre du terrain. L'observation du lieu me fait découvrir les cinq portes de la pièce. Si j'avais dû la dessiner de mémoire, je n'en aurais mis que trois : l'entrée, les toilettes, le bureau. La représentation globale du lieu m'échappe. Je n'aime pas du tout la sensation du labyrinthe qui s'invite et me comprime le plexus. Le besoin urgent de sécurité me pousse à agir :

– Excusez-moi, vous venez depuis longtemps ?

Non c'est la première fois.

– Ah ! Vous ne la connaissez donc pas ?

C'est une amie qui m'envoie, elle m'a dit qu'elle était très bien.

Aurais-je donné à une amie les coordonnées de ma psy ? J'en doute. Penser qu'elle voit d'autres patients me dérange. Alors, la partager avec mes proches me semble tout simplement impensable. Un peu comme si on me demandait de partager mon amoureux. Moi, je voudrais être la seule et l'unique. Je suis peut-être un tantinet excessive, jalouse et possessive. C'est vrai qu'à chaque fin de consultation, la vue de son agenda m'insupporte. Tous ces noms alignés me brouillent la vue. J'ai toujours peur qu'elle ait donné ma place et ne m'en trouve pas une. Pour mon confort, je fais comme si les autres n'existaient pas. J'aime bien déborder sur l'horaire des autres. Parfois, je rêve d'être son unique patiente, qu'elle est ma psy pri-vée, une psy de stars. Les lignes de son agenda m'appartiennent, elle se déplace à domicile, vient vers moi, exclusivement pour moi.

– Vous avez rendez-vous à quelle heure ?

Dix heures. Vous savez comment ça se passe ? elle vient vous chercher, il faut attendre ?

– Il doit y avoir erreur. J'ai aussi rendez-vous à dix heures. Vous devez vous tromper, ça fait plus d'un an que je viens tous les mardis à la même heure.

– Je ne crois pas, j'ai attendu ce rendez-vous et vérifié plusieurs fois avant de venir, je suis donc certaine d'avoir rendez-vous dans dix minutes.

Sans que je me l'explique, la déception plus que la colère monte ; je me sens trahie, remplacée, victime d'infidélité, abandonnée comme une vieille chaus-sette pour une plus neuve et plus belle. Les larmes me brouillent la vue ; mes yeux brillants n'échappent pas au regard scrutateur de la jeune fille.

– Je m'appelle Sophie, et vous ?

– Ève. Vous comprenez, j'ai absolument besoin de ce rendez-vous, il est vital pour moi.

– Je vois, mais il l'est également pour moi. Vous comprendrez bien que si je le pouvais, j'aurais mieux à faire.

Je me dis que justement, je n'ai pas mieux à faire. Ma vie vide me désole, si on m'enlève ma pause respiration, je n'ai plus rien.

– Si ce n'est pas indiscret, en un an, vous allez mieux ?

La question me surprend, d'autant plus que je suis actuellement entre deux mondes, à deux pas de la guérison, dans cette position transitoire et inconfortable où les identifications cèdent alors que rien encore ne s'y substitue. Dans la posture qui fait dire à tout un chacun qu'il y a des hauts et des bas, sans pouvoir dire que je vais mieux, je concède que je ne vais pas si mal, je suis sur le chemin.

La porte s'ouvre enfin. Sophie, comme montée sur des ressorts, saute sur ses pieds et s'impose, me laissant en arrière-plan dans un état de sidération ; prise de court, mon regard de chien battu interrogateur attend un sauveur.

La psy se présente et salue Sophie d'un « Madame », elle lui serre la main puis me cherche du regard. Sophie montre un temps d'hésitation.

– Mais alors, vous n'êtes pas Mme D… ?

– Non je suis Mme A…, Mme D… est actuellement en consultation, elle devrait finir dans un instant et venir vous chercher. Elle arrivera par la porte derrière vous. Entrez, Ève, c'est à vous, je vous attendais.

Tremblante et transpirante, je m'exécute, comme si je venais de jouer ma vie. Qu'est-ce qui s'est passé ? Ce n'est pas croyable de se mettre dans des états pareils. La séance commence sur les chapeaux de roues, j'explique mon effroi et me raconte :

– Tout à l'heure, en discutant avec la jeune femme, j'ai eu peur que vous m'ayez remplacée. Ça m'a mis les larmes aux yeux. Je ne comprends pas pourquoi, c'est absurde, je me le pardonne d'autant moins que pas un seul instant je n'ai pensé qu'il pouvait y avoir d'autres thérapeutes dans le cabinet. J'ai douté de vous, je vous ai manqué de confiance. Cette fille était forcément là pour m'évincer, me prendre quelque chose, j'ai perdu mon sang-froid et paniqué. J'aimerais bien comprendre pourquoi je réagis comme ça.

– Si je comprends bien, un élément inattendu vient contrecarrer vos plans et remet tout en cause, vos choix mais aussi ceux des autres ? Ne dit-on pas qu'une hirondelle ne fait pas le printemps ?

– Cette femme a déclenché la panique dans mon corps et dans ma tête. Les larmes et le cœur se sont emballés et les idées sombres sont arrivées par vagues, presque instantanément, sans que je ne puisse rien y faire. En cinq minutes, mon hypersensibilité, toutes les *bullshits* possibles m'ont sauté dessus. Je me suis vue, tel le SDF, sur le trottoir, rejetée de tous, chercher une autre psy, essuyer des refus, pour finalement en trouver une qui m'accepte mais avec laquelle ça ne colle pas, finir par me satisfaire d'une par défaut et raconter une nouvelle fois l'histoire de ma vie par le menu. Dans ces moments, la tristesse et la colère se mélangent, je perds tout raisonnement logique, comme avalée par un tsunami. Comme si je n'étais pas assez bonne pour vous garder, ou plutôt que vous me gardiez, vouée à la solitude. Je me dis : « Tu vois bien que tu n'intéresses personne, que personne ne peut plus rien pour toi. »

– Qui pourrait vous dire aujourd'hui que vous n'êtes pas suffisamment bonne ou ceci ou cela ?

– Je ne vois pas, personne. Peut-être que je m'arrange justement pour que personne ne soit amené à me le dire.

– Vous vous arrangez à quoi ?

– Je fuis, fais en sorte de n'avoir besoin de personne. Quand on me demande quelque chose, je m'exécute afin que ça dure le moins longtemps possible. Je ne demande rien, je me l'interdis, comme ça je ne suis pas déçue.

– C'est quoi le « quelque chose » qu'on peut vous demander ?

– Tout et n'importe quoi. Un service en général, avec les garçons, vous vous doutez bien.

– Vous trouvez votre compte dans les relations où vous donnez tout et où vous ne demandez rien ?

– Quand mon frère est né, j'ai immédiatement été

remplacée. C'était un garçon, ils n'avaient d'yeux que pour lui, rien n'était trop beau. J'ai essayé d'être la plus gentille, d'avoir les meilleures notes à l'école, rien n'y a fait. Alors même que j'avais écrit sur mon cahier secret que je voulais être parfaite, j'ai tout de même essayé de l'étouffer plusieurs fois. Preuve s'il en était besoin que je suis loin d'être parfaite. J'ai honte, il n'y a qu'à vous que je peux avouer mes péchés. On enferme des gens pour moins que ça. Il n'y avait que ma grand-mère pour me complimenter et me dire que j'étais une belle petite fille. Elle me disait aussi que je savais suffisamment y faire pour trouver un bon mari. Ça avait le don de m'énerver. Je ne voulais pas d'un mari, ni un bon, ni un mauvais, ni quoi que ce soit. J'en suis devenue hermétique au don. Je veux me débrouiller toute seule.

– Rester célibataire, c'est votre façon à vous de rester libre ?

– Je croyais. Mais je ne suis pas plus libre que les autres. Je n'y arrive pas.

– Je vous propose pour la semaine prochaine de réfléchir à la question : est-il condamnable de penser et que sont les pensées ? Cherchez des images.

Pendant toute la semaine, j'appréhende, redoute et espère que la belle rousse sera dans la salle d'attente. Je sens sa présence avant de la découvrir. Le mardi suivant, c'est moi qui la salue d'un «bon-jour» entendu comme si on se connaissait, comme si on partageait une intimité. J'enchaîne sur un «alors?» Elle ouvre les vannes:

– Ce qui m'a fait venir, c'était la culpabilité trop lourde à porter. Mme D. m'a fait travailler la sou-mission, le consentement, la notion de pardon. Elle m'a laissée partir avec des devoirs à la mai-son. Je devais réfléchir à la question «peut-on tout pardonner?»

Au secours, j'ai hâte que la porte s'ouvre, que ma psy vienne me libérer de cette intimité, de ces confidences dont je ne sais que faire.

Mendeleïev

Tout est remonté le jour de la rediffusion du film *Marie Bernard l'empoisonneuse* de Muriel Robin.

Qui peut prétendre n'avoir jamais rêvé d'empoisonner quelqu'un ? De le faire taire ? De le supprimer ? Cunégonde qui a piqué le mec de Gertrude, belle-maman qui fait la gueule ou qui a toujours un pet de travers, maman qui pour la dixième fois demande si on vient dimanche, mamie qui devient dure de la feuille, papi qui perd la boule, le tonton Claude pour qui personne n'a rien fait de bien depuis la guerre – on ne sait pas laquelle –, chéri(e) qui laisse traîner ses frusques, Lucas qui n'a pas fait la vaisselle, le mécano ou le plombier sur qui on ne peut pas compter, les péronnelles persifleuses, les pervers pépères, les pète-sec en tout genre, les emmerdeurs, les menteurs... Qui peut prétendre n'avoir jamais eu envie de se boucher

les oreilles ou regretté d'avoir oublié ses boules
Quies à une réunion, un concert, une conférence ?
Si vous avez été, ne serait-ce qu'une seule fois, en
présence d'un orateur dont vous ne partagez pas
le point de vue et qui, en plus, déblatère des inep-
ties, ou à un concert de débutants dans une école de
musique… Ne me dites pas que vous n'auriez pas
aimé, au moins un instant, les supprimer ?

Toutes les veuves noires en puissance ne sont
pas des arachnides ! Tout n'est qu'une question de
temps. De fil en aiguille, les mots s'enchaînent,
Arsenic et vieilles dentelles. Est-ce un film ou un
livre ? Qui en est l'auteur, Capra ou Zapa ? Entre
le chanteur, la marque de prêt-à-porter, l'auteur
et le réalisateur, elle s'y perd. Peu importe, elle
a toujours voulu être sorcière. Sa mère lui disait
qu'elle était un monstre ; les piètres surprises à
cinq francs du boulanger, à l'emballage en papier
peint rugueux et aux couleurs pastel, ont fini par la
détourner du monde des fées au profit d'un univers
sombre. Longtemps elle a cru que la violence, le
moche, la fange, étaient les conditions nécessaires
à l'existence, qu'il fallait nécessairement un passé
dramatique pour devenir quelqu'un d'intéressant.
Elle pensait que la facilité nuisait, qu'une vie trop
facile empêchait de dire. Seul un chemin semé
d'embûches prémunissait de la tentation de rentrer

dans le rang. Son sentiment d'étrangeté et l'isolement ont fait le reste.

– Je suis une mauvaise fille, mes parents et mes profs avaient raison. C'est du venin qui coule dans mes veines. Tonton disait que j'étais une punaise. J'ai toujours aimé le piquant des choses, l'acidité des bonbons que je dégustais les mâchoires serrées. L'âpreté du monde tout entier était contenue dans les petites capsules d'hosties acidulées qui piquent la langue et le nez sans jamais tenir la promesse du réconfort sucré.

Dès que l'occasion se présentait, elle troquait volontiers son costume trop lisse et convenu de petite fille sage contre celui des sorcières aux pouvoirs maléfiques : l'empoisonneuse de Blanche Neige, la reine Grimhilde, Maléfique dans *La Belle au bois dormant*. Adolescente, les héroïnes droguées, prostituées, meurtrières révélaient l'héroïne tragique qu'elle rêvait d'être. Ses poèmes et ses chansons teintées d'ironie, de tragique et d'humour noir, dans lesquels il était question de fin du monde, de mort, de suicide, de folie, de difficulté à vivre occupaient tout son temps libre. Du fond de l'ennui et de la solitude, elle inventait des histoires sordides aux figurines plastiques. En bas de l'immeuble, elle cherchait les gueulards, les fauteurs de troubles, ceux aux cheveux en bataille et aux pantalons rapiécés. Elle n'a jamais pu retenir les tables de multiplications mais connaît encore par cœur les cent-dix-huit éléments chimiques du tableau de Mendeleïev du collège. Elle visualise le tableau aux couleurs pastel pendu par ses deux gros œillets aux crochets de bronze dans la salle de sciences. Elle y voit encore d'infimes détails sans importance, comme l'angle inférieur droit du plastique du poster abîmé qui laisse apparaître le papier. Et pour cause : trois ans durant, sa préoccupation majeure a été : comment c'est arrivé ?

Ses parents, pleins de bonne volonté, l'on laissée faire. La boîte de jeu Mattel du petit chimiste a marqué négativement Noël à tout jamais. Pour ménager les susceptibilités, elle y avait pourtant mis du sien. Elle avait fait semblant de s'intéresser à l'expérience du zinc et du soufre. Aux éclairs verts et jaunes qui n'avaient rien de folichon, d'autant plus qu'elle les avait déjà vus à l'école. Elle avait fait mine de découvrir l'odeur âcre des bulles et du gaz sur la craie au contact de l'acide chlorhydrique, feint l'émerveillement face à l'irruption lilliputienne du bicarbonate de soude et du vinaigre, simulé la surprise face à la magie de l'encre qui s'efface. Puis elle a fini par décréter que la boîte du chimiste, mieux dotée en polystyrène qu'en matière première, était faite

pour les timorés, que les adultes étaient des im-
béciles qui ne comprennent rien et font semblant
de s'intéresser, et que Noël était une fête d'abrutis
qu'elle leur laissait bien volontiers.

Très naturellement, le culte du antihéros, de la
magie noire, des pires sortilèges, des produits
chimiques et des apothicaires est devenu son quotidien. Adolescente, elle a commencé par le haschich
et ses synonymes, cannabis, beuh, chichon, hash,
shit, chanvre, et son trop célèbre THC qu'elle aimait combiner aux adjuvants les plus divers, pollen,
paraffine, cirage, médicament, terre, excréments,
éther. Allez savoir pourquoi, elle n'a jamais accroché aux amphétamines, cocaïne, héroïne, ecstasy,
LSD. En bonne gourmande, elle se faisait ponctuellement, pour le moral, un sniff de protoxyde
d'azote, celui des cartouches en métal du siphon à
chantilly aux vertus hilarantes.

Aujourd'hui, elle aime le chlore des piscines, numéro atomique 17, l'odeur qu'il laisse sur la peau.
Pour un peu, elle le snifferait. Elle est addict à son
dérivé adoré, le sel de table, gros ou fin, de terre,
de mer, de Guérande, safrané. Elle succombe à la
beauté du rouge vermillon à base de sulfure de
mercure. Le mercure – pas l'enseigne du groupe
hôtelier, mais l'élément indissociable de l'or, celui
qui le purifie, au numéro atomique 80, celui des

baromètres, des thermomètres, des manomètres, des plombages du dentiste. Elle frémit de plaisir à l'acide citrique, celui naturel et subtil des agrumes, mais aussi celui fabriqué des agents nettoyants et des désinfectants. Ses narines se souviennent du soufre, numéro atomique 16, qu'elle utilise comme une madeleine de Proust pour le traitement des maladies de son potager. Elle occupe son temps libre à chercher le Graal, le fin du fin : la bague poison, véritable incarnation du mal dans un bijou. Pour cela, sans relâche, elle court les antiquaires, les brocantes, les bijoutiers, consulte avec méthode les catalogues de vente aux enchères de France et de Navarre, les petites annonces. Posséder et porter la bague de César, à l'aiguillon et aux deux têtes de lion, ou bien celle d'Agrippine feraient d'elle l'élue. Elle ne désespère pas, certaine de la trouver un jour. Ce n'est qu'une question de temps. Elle se voit, dans la préparation d'un gâteau, dégoupiller la bague – estampillée si possible. De la farine, des œufs, du sucre, du chocolat et une cuillerée d'arsenic pour relever le goût. Bingo, ambiance de mort garantie. Il faudra qu'elle y pense pour l'anniversaire de ses trente ans de mariage.

Par la suite, la bague aurait une seconde vie de cachette à aphrodisiaque pour ses vieux jours. En cuisine, elle se passionne pour les combinaisons mets, épices et fleurs. Elle se surprend à sourire quand elle incorpore à ses préparations des ombelles de carottes sauvages qui ressemblent à s'y méprendre à la ciguë. Née trop tard pour empoisonner Socrate, elle se prend pourtant à rêver à une carrière d'empoisonneuse quand elle cueille du muguet en forêt. Incollable sur bon nombre de poudres de perlimpinpin : arsenic blanc $AS2O3$, ciguë $C8H17N$, opiacée ombellifère aux fleurs en ombelle mais à l'odeur d'urine de souris, fatale Cantarella, rebaptisée recette Borgia par Apollinaire, polonium de Marie Curie au numéro atomique 84, strychnine… Elle écrit des formules chimiques comme d'autres composent de la musique. Les lignes de formules la transportent. Elle improvise, compose en virtuose. Capables du meilleur comme du pire, les rondes, blanches, noires, croches, les dièses ou les bémols, tantôt attaquent l'oreille, tantôt enchantent. Sa bibliothèque croule sous les titres des empoisonnés célèbres : Socrate, l'empereur Claude sous la main d'Agrippine – celle qui a donné son nom à la célèbre BD –, Raspoutine de la chanson de Boney M, Yasser Arafat, Alexandre Litvinenko… Elle s'identifie aux empoisonneuses européennes les plus connues : les Borgia et leur recette magique à base d'arsenic, d'if, de phosphore, de pavot et de ciguë, Marie Besnard, l'empoisonneuse du Loudun, Violette Nozière, qualifiée par André Breton de « personnage métaphysique jusqu'au bout des

77

ongles». Les armes chimiques ont toujours de bonnes raisons. Récemment, elle a déniché la recette personnelle de la marquise de Brinvilliers. Elle attend que l'occasion se présente pour l'essayer.

Faire bouillir dans trois chopines d'eau et laisser réduire une bonne poignée d'armoise, de sabine et de cyprès blanc. Filtrer et presser. Ajouter une once et demie de sirop d'armoise, bien mélanger et absorber en trois prises trois matins de suite.

Elle meurt d'envie de tester le breuvage sur les rabat-joie qui prétendent que tout ce qui est naturel est bon. Il y a plus simple qu'ensorceler une pomme, se transformer en vieille dame, se rendre dans la forêt, trouver la maison des sept nains et offrir une pomme. Ils sont tordus, ces scénaristes ! Il suffit de combiner une ou deux recettes maison avec celle de la marquise. Succès garanti. Bien sûr, elle pourrait opter pour les champignons mais les gens se méfient. Elle imagine le menu: salade de douces-amères – qui ressemblent à s'y méprendre à des pommes de terre –, compotée de ciguë arrosée d'un petit verre spécial marquise. Reste à définir qui et quand, et à lancer les invitations du repas fatal. Les projets la font vivre. Elle n'aurait jamais dû revoir ce film.

De très beaux chiffons

Sur la photo, la petite fille regarde l'objectif d'un air pimpant. Ses cheveux légèrement indisciplinés et son sourire mutin lui donnent un air coquin de séductrice. Pas de doute, elle sait y faire.

À pas six ans, allez savoir pourquoi ou pour qui, elle économisait déjà sous à sous, pour capitaliser les accessoires d'une panoplie jugée indispensable. Pourtant, elle n'avait pas vocation de majorette ! Sans cesse à la recherche de menus travaux, tâches ménagères et services monnayables en tout genre, La moindre cellule de son corps était mobilisée à l'entreprise. Ses pieds sont les premiers à se souvenir des sandales blanches aux talons compensés en liège de chez Paul et Nany, de l'inconfort des brides, des sparadraps, de la semelle trop raide – pas étonnant qu'adulte, la première chose qu'elle regarde chez un homme, ce soient ses chaussures. Pendant de nombreuses années, les belles blanches vernies – celles-ci et les suivantes – ont fait de l'ombre aux infatigables Kickers bicolores unisexe. L'art de la négociation était sa deuxième nature. Pour les accessoires de fille aperçus sur les magazines, il lui fallait quémander et accepter d'infliger à ses parents une dépense excessive et égoïste qu'elle se promettait de compenser. Payer le prix de la gentillesse et du faire plaisir devenait normal, plaire une priorité, synonyme d'être quelqu'un. Devant la glace aux spectateurs imaginaires, entourée mais désespérément seule en scène, les volants des robes tournaient et virevoltaient. Elle jouait à la star, rêvait de boules à facettes tout en s'accommodant du kiosque de marchande que son père lui avait installé dans le jardin pour jouer à la dame. En tablier derrière l'étalage ou en escarpins et robe moulante – maintenue par des épingles comme sur les mannequins des boutiques – empruntés à sa mère, elle jouait à être enfin une femme, celle qu'on lui promettait d'être quand elle serait grande.

À force de harcèlement, sa mère, de guerre lasse, finissait toujours par tirer profit des chutes de tissus pour la transformer en lolita sous l'œil attendri de son père. La petite assumait alors sans broncher la torture des essayages avec son lot d'aiguilles et de larmes rentrées. Les jours de petite maman aux répliques miniatures d'accessoires de femme étaient des jours heureux. Quel bonheur de mettre en scène la robe aux manches ballons en cotonnade double fil vichy rose et blanche, la robe chemisier en chambray souple bleuté aux petits boutons de nacre ronds, celle de plage avec son sac assorti, ou encore en chintz aux motifs sépia vieille France, le parapluie rouge au col rond à enfiler par la tête, celle à volants et bretelles en madras orangé…

Dans son monde, le jour sacré n'était pas le dimanche mais le samedi, jour de marché. Dès le lever, elle prenait garde à bien se tenir pour s'y rendre avec sa mère dans l'espoir du petit bouquet de violettes rituel destiné à sa tignasse indomptable. Son cuir chevelu se souvient de la préparation : de gros rouleaux roses et bleus qui piquent, des pics, du filet, du casque. Une vraie torture qu'elle réclamait. Allez comprendre ! Ses copines avaient des poupées qui parlent et qui font pipi, elle avait une garde-robe qui non seulement lui parlait mais dont les photos accentuaient ses croyances. Avant l'âge de raison, elle endossait déjà l'habit comme on endosse le voile. Dans l'impatience de grandir, elle croyait qu'une femme se résumait à être jolie, plaire, séduire, réparer et compenser. Elle confondait genre, féminité et séduction, croyait que plaire quoi qu'il en coûte était une vocation.

Le vichy, le chambray, le chintz, le madras, mieux que des murailles, lui tenaient la bride, la renvoyaient à sa solitude et surtout la protégeaient de la fréquentation d'amis trop salissants. Bien sûr, comme s'il était besoin, le costume s'accompagnait des activités qui vont bien. La danse, la barre asymétrique, la couture peaufinaient le façonnage du corps et de l'esprit. Il ne lui manquait que les cours de cuisine et de repassage.

Jeune femme, croyant s'opposer, elle a transformé l'univers cabotin en église orthodoxe, sombre et austère. Le bleu marine, le vert bouteille et le gris ont fini par l'ennuyer. Au titre de l'expiation, elle s'interdisait le maquillage et les effluves, le sucre et les matières grasses. Entre deux âges, elle affectionnait le style anglais, les cols Claudine et les imprimés liberty surannés. Pour un peu, elle aurait mis du Laura Ashley sur les murs. Plus tard, à l'inverse, elle portait crânement des chaussures trop fines et trop hautes qui lobotomisaient, des bas trop fins qui demandaient trop de précautions, des dentelles, des jupons, des dessous affriolants qui coûtaient un bras. Tout un falbala encombrant de consommatrice. Par chance, dans l'intimité, la solitude et l'ennui ont laissé place au quant-à-soi. L'imaginaire et la création ont fait le reste. Faute de savoir cancaner et piailler, quelque chose d'indistinct lui a donné la force d'abandonner son jeu de poule qui sonnait faux. Là où les couleurs sombres et les dentelles ont échoué, la pensée a gagné et les costumes sont devenus de simples reliques.

Aujourd'hui, elle ne porte des Louboutin que de la salle de bains à la chambre. Et encore, pour les grandes occasions ! Les chapelets de colliers pendent aux poignées de fenêtres ou servent d'embrasse à rideaux sans jamais les quitter, les dentelles font de merveilleuses empreintes dans les sculptures, les écheveaux de laine et les coupons de tissus s'incrustent dans les tableaux, les cotonnades trouvent une deuxième vie dans des patchworks. « Last but not least », les soirées déguisées, vintage, années soixante-dix se déroulent systématiquement sans elle. Merci, elle a eu sa dose ! Attirée par les étoffes comme par un aimant, elle ne résiste toujours pas au plaisir du toucher, cherche le fil et la trame, retourne les tissus pour en déduire leur mode de production. Récemment elle s'est surprise à dessiner le fameux tissu vichy rose et blanc double fil de sa toute première robe. Sous son pinceau, il a progressivement pris vie. Elle ne l'a reconnu qu'une fois posé sur la toile. Il l'interroge :

– Tout se joue-t-il vraiment avant six ans ? L'imaginaire perçoit-il la réalité future ou la crée-t-il ?

Avec le même sourire mutin de la photo, elle retrace mentalement le chemin : de l'enfant très fille, à la fois alpha et oméga, à la jeune femme sexuée aux faux espoirs et aux vraies chances, en passant par la mère androgyne, puis la femme climatérique au sexe féminin et au genre indéterminé. Dès lors, elle sait que le chemin est encore long. Elle compte sur son âme de chercheuse d'or pour découvrir des trésors insoupçonnés à venir.

Miroir, mon beau miroir

Trois années déjà que maman est veuve et que je tiens le rôle difficile et illusoire de fille modèle. Le rituel hebdomadaire du marché l'a toujours enjouée – à moins que pour ça aussi, elle fasse comme si ou s'en persuade ; chaque dimanche, la tradition se perpétue, à la fois par devoir et par plaisir. Elle y allait du temps de papa, je l'imagine parfaitement lui faire porter le panier avec délectation. Maman a vieilli, elle marche doucement dans les allées, je l'attends en rongeant mon frein. Je refuse l'iné-luctable que je sens pourtant poindre, je voudrais arrêter le temps et qu'elle profite de son veuvage bien mérité. Les commerçants nous connaissent et nous saluent ; on ne passe pas inaperçues. La mère, le cheveu blanc tiré, les mouvements ralen-tis, mince comme un if et l'allure soignée ; la fille, excitée, d'apparence plutôt négligée – visiblement elle n'a pas l'intention de plaire, elle n'est pas là pour ça et ne compte pas le cacher. Été comme hiver, chaussée de tongs et affublée d'improbables tenues d'intérieur avec lesquelles elle entre et sort sans transition pour gagner du temps, elle arpente les allées. Entre elles deux, quelque chose, mieux qu'une laisse, transcende les apparences. Les commerçants les interpellent comme un couple et ne perdent pas une occasion de le leur dire.

– Vous ne pouvez pas la renier !

Ce à quoi maman répond invariablement, les épaules frêles remontées, presque sur la pointe des pieds, le regard vert délavé :

– Je n'en ai pas la moindre intention.

Et, elle ajoute, comme s'il était besoin :

– J'en suis fière.

Bien ritualisées, programmées, nous arpentons le marché toujours dans le même sens et nous approvisionnons toujours chez les mêmes commerçants : l'Asiatique, le producteur bio, le maraîcher et le revendeur de l'entrée. Son stand regorge de marchandises, de celles que je ne suis pas censée acheter, qui ne viennent pas à vélo jusqu'à moi. Derrière l'étal, chaque dimanche, c'est le show. Deux hommes, un petit vieux et un grand jeune, se taclent, jouent aux coqs. Ils ne se parlent pas mais grognent, se provoquent et se cherchent, l'un plus que l'autre d'ailleurs. Ici, ça ne racole pas, ça ne harangue pas le chaland, ça ne piaille pas. Deux générations s'affrontent comme deux hérissons sur un territoire trop étroit. Ils n'ont pas appris à se protéger et communiquent à coups de pattes sous couvert du principe « qui aime bien châtie bien ». Peut-être le père et le fils ?

Le chapeau du vieux limite ma quête de ressemblance au teint mat et au port de tête. Les tempes grises et la barbe argentée du fils me font déduire la bonne quarantaine, bien portée. L'absence d'alliance, de bracelet, de signe d'appartenance ou distinctif m'amène à penser qu'il n'a personne dans sa vie. Peut-être un chien ? Non, il serait à ses côtés, docile, accroché à l'étal. Il a une tête de Samuel. Il râle, n'a jamais l'air content, transpire le négatif à plomber un régiment, visiblement il voudrait être ailleurs, ne parvient pas à se satisfaire du présent. Le père n'a pas réussi à faire pousser le bonheur sur cette grande plante. Pourtant la génétique aurait dû l'aider ; le vieux fait penser aux vieux sages qui en ont trop vu, il fait le tampon, compense la mauvaise humeur du fils en s'excusant et multipliant les sourires et précautions polies aux clientes. Le vieux voudrait que les légumes brillent, qu'ils soient calibrés, les pyramides parfaites. D'un simple regard, Samuel sait s'il correspond à ses attentes. Le père le contient comme une digue le canal. Un duo indissociable.

J'imagine le vieux au départ de sa femme, propulsé à la tête d'une famille de cinq enfants. Il a tout misé sur le petit dernier ; certainement le plus malléable, celui pour lequel tout était à faire. Il n'avait que sept ans. Les quatre autres ont profité de l'influence positive maternelle jusqu'au seuil de l'âge adulte. L'envol a été plus aisé pour eux, libérés des exigences cadrantes, parfois exigeantes, les quatre frères ont laissé faire le petit dernier et le père, entravés à jamais. Les aînés sont partis à tire-d'aile sans demander leur reste. Samuel revoit ses frères aux fêtes carillonnées. Faute de place, Le jeune tonton y est encore placé à la table des enfants. Samuel s'en accommode volontiers, il a plus de points communs avec ses neveux et nièces – jeux vidéo, Youtube, réseaux sociaux – qu'avec les fusions-acquisitions et les transferts d'argent de ses frères.

Inéquitable, avec le sentiment de bien faire, le vieux a élevé Samuel en élu, à l'écart des autres, à la fois pour le protéger et pour le garder, avec l'ascension sociale pour raison d'être. Il incarne le projet du père, celui qui reprendra l'affaire ; celle que le père a créée à la force du poignet, celle à laquelle il doit la Mercedes et la grosse maison. Samuel est fait pour ça, bâti comme il est, il n'a pas le choix. C'est dire s'il est challengé. Le vieux l'a élevé comme du bétail, sans lui demander son avis.

Il a veillé à ce qu'il pousse bien, afin qu'il ait un bon rendement et optimise la mise initiale. Samuel, en bon soldat, a fait ce qu'il pensait que l'on attendait de lui sans même avoir conscience de sacrifier quoi que ce soit. Il n'a manqué de rien, pourtant il n'a pas eu la chance d'être éduqué au sens d'être rendu libre, autonome, indépendant comme ses frères. Bâton de vieillesse de son père, il rembourse *ad vitam aeternam* une dette qu'il ne pourra jamais éponger.

Quoi qu'il fasse, ça ne sera jamais assez, biberonné au refrain encore présent aujourd'hui du : toujours plus, toujours plus haut, tu peux mieux faire, avec tout ce que j'ai fait pour toi, quand on veut on peut, débrouille-toi tout seul, sois fort, quand on est un garçon on ne pleure pas. Le conditionnement paternel a fermé la porte aux projets, il ne lui reste plus que le rêve.

Depuis tout petit il voyage dans sa tête avec le personnage de Guignol, celui de Laurent Mourguet, qu'il a vu quand sa mère était encore de ce monde. Son rêve, ce n'est pas le personnage de scène mais celui invisible, bien plus honorifique à ses yeux, de marionnettiste. Personnage de l'ombre derrière le rideau, il se voit diriger, sans se confronter ni affronter le regard de l'autre et ses demandes. Avec les autres, il a l'impression d'être nu, à livre ouvert, que l'autre sait ce qu'il pense, ce qu'il a fait la veille. Il a peur et, souvent, il pense mal, ou plutôt à mal.

Et celle-là, elle n'a pas mieux à faire que le marché le dimanche matin avec sa mère ? Elle ne pourrait pas s'occuper d'un mari ? Elle n'a sûrement pas explosé de plaisir ou fait des prouesses samedi soir. Pauvre fille, si j'étais elle, j'en profiterais, je m'occuperais de moi, me ferais plaisir, ferais des choses dont j'aurais envie avant qu'il soit trop tard.

Il rêve d'une place derrière le rideau. Trop de promiscuité dans la fratrie, à l'ombre des grands frères, l'a vacciné du besoin de l'autre. L'air ailleurs, il attrape mon plateau d'avocats et m'attaque :

– Et la maman, où elle est ?

Je n'avais jamais remarqué qu'il avait les dents grises, il doit boire beaucoup de café.

– Vous êtes de mauvaise humeur aujourd'hui, ça se voit.

Pour un peu le manque de convenance l'autoriserait à me dire que j'ai une sale gueule, ou que la mienne ne lui revient pas. Il insiste :

– Ça ne sert à rien de faire la gueule. Vous n'êtes pas contente d'être là ?

Faire la gueule ou être de mauvaise humeur n'était pas arrivé à ma conscience ; à moins que mon impatience à attendre maman qui marche de moins en moins vite se lise sur mon visage. De quoi il se mêle ? Franchement énervée et vexée, je me contiens, ne réponds pas, feins l'indifférence. J'ai beau me dire qu'il s'est servi de moi pour parler à son père, à moins que ce ne soit pour se rendre intéressant auprès de la jeune fille juste à côté de moi qui tend son plateau avec un sourire béat, je l'ai en travers. Je lui en veux d'avoir percé ma part sombre, de m'avoir utilisée à ses propres fins. Je le qualifie intérieurement de voleur et compte instinctivement ma monnaie, pas peu fière de lui avoir compliqué la tâche en lui tendant un billet de vingt euros alors que j'avais l'appoint. Ma bassesse ne suffit pas à m'apaiser.

Je ne suis plus trop certaine de vouloir être là, ou plutôt d'y être pour de bonnes raisons. Le rouleau compresseur de la culpabilité démarre – pas meilleure que les autres –, l'idée que je profite de la bonté et de la générosité de ma mère s'installe. Parce que ma mère ne se contente pas de faire le marché, elle consacre la journée complète du dimanche à la « pluche » et la préparation des repas pour la semaine de sa fifille. Les maux de dos d'être restée debout devant l'évier et le plaisir de faire plaisir (contradictoire) ne l'arrêtent pas. À ce stade ce n'est plus de l'amour mais du sacrifice, de l'abnégation, une sainte. Je ne serais jamais capable de rendre la pareille à mes propres enfants.

Avec tout ce qu'elle fait pour moi, je me refuse pourtant à la tenir par le bras comme une vieille. Ça, je ne peux pas, je veux qu'elle marche seule, quitte à ce que ce soit très lentement. C'est trop difficile d'être un tuteur, d'inverser les rôles, devenir la mère de ma mère. Peut-être que je lui donne la monnaie de sa pièce, quand petite je lui demandais l'orthographe d'un mot et qu'elle me disait systématiquement : « cherche dans le dictionnaire », ou qu'elle répondait : « comme ça se prononce ».

Les chiens ne font pas des chats.

Le Prénom

Il y a déjà dix ans, ne sachant que faire, arrêté prématurément dans des études en lettres modernes, Sophie a passé le concours d'adjointe administrative territoriale catégorie C. Nos chemins se sont alors séparés. Surqualifiée, elle a accédé dès la première tentative au poste d'officier d'état civil qu'elle exerce depuis à Lyon ; cinq ans dans le 7e arrondissement et cinq années supplémentaires dans le 4e. Son travail consiste à faire des actes de naissance, mariage, adoption, décès… Une vraie leçon de vie, plus qu'un travail pour la bobo qu'elle est. En passant du 7e au 4e, de chez les beaufs aux bobos de la Croix-Rousse, elle a peaufiné sa typologie et me berce de sa passion.

J'aime bien parler avec elle : son discours, éloigné des points de vue consensuels de ceux en demi-teinte qui ne se prononcent sur rien de peur de blesser ou d'être mal aimé, me tient en haleine. Souvent, elle n'y va pas avec le dos de la cuillère mais l'expertise est riche. J'admire sa capacité à s'élever dans la caricature, au-dessus du quotidien, avec la conscience des travers comportementaux de son propre groupe social. Sans se forcer, je l'imagine autrice de pièces de café-théâtre ou d'un scénario de film comme *La vie est un long fleuve tranquille*. Sa vision sociétale trace une ligne entre les catégories, dans la bêtise, les effets de mode, les certitudes à deux balles, le nombrilisme et l'inculture – «lire *Libé* ou *Le Monde* ne fait pas de nous des savants», dit-elle. Elle dépeint à merveille la nouvelle catégorie des bo-beaufs : le beauf version chic, qui connaît le vocabulaire adéquat et qui parle sans accent.

Je m'enfonce dans le canapé vert olive du salon de Sophie avec en tête le souvenir lancinant de la fameuse pièce *Le Prénom* de Bernard Murat. Le verre de chablis libère mes dernières résistances et je me laisse bercer par le monologue de la spécialiste.

Si on ne vous a jamais clairement expliqué, au-delà du *moutonnage* des adeptes du «guide des prénoms» pratiqué dès la naissance et transmissible de génération en génération, ce qu'est un prénom, vous avez tout à apprendre. Ceux des bourgeois, des originaux à tous crins, des bobos, des banlieusards, des bo-beaufs. Elle explique que le caprice parental va plus loin qu'il n'y paraît. Elle définit le prénom comme un filtre, un indicateur, un thermomètre, une carte d'une route prédéfinie qui déterminent une vie. Il paraît qu'il suffit de demander simplement aux gens comment ils s'appellent, le prénom de leurs enfants, des parents, du chien, du chat, du canari pour voir. Si vous avez un prénom à la con, il ne vous reste qu'à prier d'avoir des dons artistiques ou sportifs ; ce qui n'évite pas le ridicule mais donne des compensations. Pour elle, le prénom est déterminant. Si vous avez un peu de temps à perdre, jetez un œil sur l'historique des prénoms du comité Nobel, de l'Institut Pasteur, des patrons des grandes firmes, des savants, des chercheurs. En bref, avec le projet de travailler dans la finance, mieux vaut s'appeler Guillaume que Jimmy.

Derrière son guichet vitré, passé la surprise des premiers mois, elle a fini par s'y faire et enregistre, cinq jours sur sept, sans sourciller, les Zidane, Allysonne (à l'orthographe aussi diverse que variée), Kevin, Tony, Johnny, Brian. Sophie prêche l'importance du choix du prénom. Tâche ardue, s'il en est une, notamment depuis la modification de la loi.

Le choix des parents s'est tellement diversifié, que d'ici une quarantaine d'années, les métiers de renom auront leurs Brandon, Leelou, Océane et autres prénoms à la mode… Ce n'est qu'une question de temps. Rien n'est figé, les choses changent, on n'en est plus aux Albert, Charles et Bernadette d'il y a cent ans, encore moins aux Cunégonde du Moyen-Âge. Le choix est nécessairement compliqué parce qu'en plus, ils sont souvent deux à vouloir choisir! Et encore, quand la famille ou la belle-famille n'y met pas son grain de sel. Ce n'est pourtant pas une raison pour faire n'importe quoi. Pas de quoi non plus abdiquer et appeler ses enfants abcd, prononcé «Ab-si-dii», «Fête nat» ou «Armistice» – si si, je vous jure, ça existe. Sophie ne manque pas une occasion pour rappeler que faire des enfants n'est pas une obligation et que l'on a toujours la possibilité de ne pas en faire. D'accord, les facteurs d'influence sont nombreux: l'euphonie, le sens du prénom, sans compter le sacro-saint désir d'originalité. Qu'est-ce qu'on ne ferait pas pour ne pas être le cinquième Enzo de la classe? Surtout quand les parents s'appellent Nathalie, Sophie ou Isabelle, Jacques ou Pierre et que, pour ne pas risquer de les confondre, leurs propres parents ont ajouté des seconds prénoms à leur identité. Croyez-moi, ça fait bizarre d'être arrêtée à la douane de l'aéroport de Paris en partance pour Ouagadougou parce que vous avez un homonyme à l'embarquement. Pour peu que les passagers aient à peu près le même âge, ils en sont quittes pour faire décharger les soutes de l'avion, récupérer leur valise, faire prendre du retard aux autres passagers et finir par laisser partir l'avion sans eux. Un grand moment de solitude ! Il est également rare de donner à son enfant le nom de la fille ou du garçon qui vous terrorisait à la récré ou même d'un personnage historique décrié. Vous connaissez beaucoup d'Adolphe ou d'Oussama ?

Pour ce qui est des prénoms anciens, ils sont souvent déjà pris par les grands-parents ou grands-oncles parfois encore vivants ! C'est gênant de donner un prénom à un enfant qui est déjà porté par un autre membre de la famille ou un ami proche. C'est également relou de porter le même prénom que son père ou frère décédé (on n'est pas tous des Van Gogh). Si vous êtes futur maman, essayez d'annoncer à votre bonne copine que vous projetez d'appeler votre progéniture du même prénom que l'un de ses enfants. Vous verrez, elle sera ravie et ne se sentira pas du tout dépossédée ! Elle ne vous en voudra pas le moins du monde. Il arrive aussi parfois d'en vouloir à sa copine d'avoir appelé son chien du nom envisagé pour sa progéniture. Aussi, Sophie ne manque pas une occasion d'opposer la science inexacte de la « patronymie » à la tradition capillaire conservatrice. Avant qu'un bourgeois ou un bobo porte des dreadlocks ou se fasse des rayures au rasoir dans la tonsure, on a de la marge. Le prénom est, qu'on le veuille ou non, un indice du niveau social et culturel des parents, pas une preuve ni une fatalité, mais quand même. Bien sûr, je connais des Kelly qui ne rentrent pas dans le profil des poufs au QI d'huître atrophiée, tout comme je connais des beaufs sympas qui n'ont pas des yeux de bovins, et des gens cultivés complètement cons… Votre fils peut s'appeler Lucas et ne pas aller à l'école en jogging Adidas et rester libre de fréquenter Kévin ou Jennifer si ça lui fait plaisir. Il n'y a pas de règles, on retrouve néanmoins des constantes. Tout n'est pas qu'affaire de chiffres, de statistiques, mais aussi et surtout d'impressions, de ressentis, qui dépendent des personnalités et du vécu de chacun. Par exemple Olga est plus connue actuellement, en France, dans le milieu de la prostitution que pour sa référence à la fille de Nicolas II.

Avec les originaux à tous crins, je me demande si les parents aiment vraiment leurs enfants. Maloku et Zebulon, ça ne s'invente pas. Sans parler des parents à l'irrépressible poussée créative qui composent un jeu de mots avec le nom de famille. La tristement fameuse Aude Vessel, a fait le tour de toutes les administrations françaises. Sans compter les : Larry Bambell, Ray Defess, Jerry Kan, Jean Meurdesoif, Alain Verse, Annie Male, Annie Versaire, Denis Chon, Edith Orial, Gérard Menjoui, Jacques Ousi, Jean Edeu, Louis Dort, Lucie Fer…

Le double prénom Marie-Joanna me fait systématiquement tiquer. Il m'est également arrivé de dénicher, à la lecture des autres prénoms de la fratrie, du mauvais goût bien camouflé derrière le classicisme d'un prénom. Qu'elle n'a pas été ma surprise de découvrir que les frère et sœurs d'un petit David s'appelaient Johnny, Estelle et Laetitia ! Chez les bourgeois traditionnels intégristes qui méprisent avec suffisance les étrangers, qui vont à confesse pour soulager leurs contradictions, ce n'est pas mieux, dans un autre style. Ils n'ont pas beaucoup changé, ni tout à fait les mêmes, ni tout à fait différents. Avant, Madame avait son jour et recevait à l'heure du thé. Maintenant, elle organise des dîners deux fois par semaine, porte le serre-tête, écoute du classique, est exigeante sur les bonnes manières ; le père a un bon emploi et sursoit seul aux besoins financiers de la famille. Les enfants ont des prénoms typiques, Marie, Guillaume. Ils jouent du piano ou du violon, pratiquent un sport comme l'aviron, l'équitation ou l'escrime. Ils s'habillent nécessairement chez Cyrillus. Champions du monde des noms composés, chez eux, c'est plutôt dans le nom de famille que cela se joue, plus tu colles des noms commençant préférentiellement par Le, Du, De, D', De la, mieux c'est. Chez eux, on salue souvent le bilinguisme et l'ouverture d'esprit du petit Franco-Britannique au nom de famille anglais alors que les doubles origines (maghrébines, italiennes, espagnoles, etc.) sont rarement des fiertés.

Les beaufs quant à eux cherchent souvent un prénom américain, sans être foutus de le prononcer, de préférence truffé de K et de Y pour faire glousser les pédiatres, profs et sociologues ainsi que toute personne ayant les pieds sur terre. Avec cent mots de vocabulaire, de vrais « *Groseille* », ils n'ont pas de dictionnaire, connaissent quelqu'un qui a un T-shirt « Johnny », ont une parabole sur le balcon, vont chez Flunch le week-end, aiment la pétanque, le rugby, le catch… Les DRH les méprisent ; TF1, M6, l'OM, Pimkie les vénèrent. Avec leur prime de fin d'année, ils passent fièrement de Kiabi à Audigier. Pour eux, les centres commerciaux ont la valeur du Louvre. Ils sont piercés, tatoués, homologués. Ils « kiffent » l'Amérique. On les reconnaît à l'oral, leur discours est jalonné des éternels : « et tout, au jour d'aujourd'hui, à cause que, malgré que, ben voilà quoi, tu vois, que si je serais, que si j'y aurais été, que j'aurais su, qu'il faut solutionner, kiffer, styler, émotionner » et, pour parfaire le tableau, ils se cachent derrière de pauvres excuses :

A-t-on besoin d'être riche pour ne pas parler fort dans les transports ? A-t-on besoin d'être riche pour prendre un abonnement à la bibliothèque, gratuit pour les pauvres, et limiter le massacre de sa langue maternelle ? A-t-on besoin d'être riche pour aller au musée quand c'est gratuit ? A-t-on besoin d'être riche pour ne pas se bâfrer de sucreries et devenir obèse ?

Les bobos pullulent à la Croix-Rousse, se reproduisent et finissent par se retrouver dans des quartiers bien blancs et bien bourgeois. Ils s'extasient sur Obama mais n'en comptent aucun dans leur immeuble. Ils se laissent tenter par les Romy, Oscar, Marcel, Céleste, Arsène au côté parisien un brin désuet, mi-BCBG, mi-artiste. De vrais titis parisiens.

En voulant à tout prix un lieu qui lui ressemble, le bobo finit à White-Boboland, pays de la ségrégation chic. Il déteste les modes, veut innover, se démarquer mais de façon chic. À force de ne pas suivre les modes, il se retrouve en plein dedans, mais chez le bobo, une mode n'est pas une mode, c'est une tendance : Antoine et Lili, Zadig et Voltaire…

En théorie, le bobo défend les sans-papiers sans qu'il soit question d'en accueillir un dans son loft. Le bobo veut bien sauver le monde mais depuis chez lui. Le bobo aime se mélanger au peuple, au SDF tout en ayant besoin de se ressourcer à l'île de Ré, ou dans un « concept store » de Berlin recommandé par Canal Plus. Le bobo a besoin d'authenticité à deux balles, rêve de s'installer dans des quartiers d'où les gens rêvent de partir,

Firminy dans la région lyonnaise ou le quartier du panier à Marseille, ou encore la Cité radieuse. Le bobo veut vivre avec les vraies gens sans toutefois aller jusqu'en banlieue parce que ça fait trop loin et que là, ça ne fait plus partie de sa culture. Avec la discrimination positive – Rachida, Fadela, Rama –, le bobo fait semblant de diversité ; le bobo est pour, mais sans vouloir appliquer ses idées à sa porte tout en hurlant au racisme chez le voisin… Le bobo partage les « musiques du monde ». Il ADORRRRE ! Mais pas question de les ramener chez soi, pas de mariages mixtes, de GPA, de colocs… Avec le bobo, l'air de rien, c'est chacun chez soi. On fait la fête avec Mouloud, on fume des « pèts » ensemble mais pas de Mouloud chez pépé à l›île de Ré. Le bobo est autant ouvert sur le monde que ma grand-mère aux Allemands. Les seuls conflits de voisinage se limitent à savoir pour qui voter. Et, là encore, l'ignorance ne le gêne pas, pourvu que la bien-pensance soit de son côté, car un bobo « pense bien ». Le bobo est convaincu de sa gauchitude, s'abonne à Télérama, Libé, Le Nouvel Obs, Rue89, Les Inrocks, Mediapart… Il aime la musique (cf. liste ci-dessous) nombriliste comme lui, Biolay, Zazie, Delerm, Zaz, Camille, Jean-Louis Murat, Manu Chao, Charlotte Gainsbourg, Marc Lavoine, Patrick Bruel, Vincent Lindon, Emmanuelle Béart, Juliette Binoche, Vincent

Cassel, Romain Duris, Fabrice Luchini, Valérie Bruni-Tedeschi… Il fait du Yoga, en salle en semaine et pendant les vacances, sur la plage à l'île de Ré. Le bobo aime : voyager au bout du monde pour jouer les aventuriers avec sa black card, les émissions de Frédéric Lopez qui emmènent des bobos à l'autre bout du monde, carte gold dans une poche et téléphone satellite dans l'autre, l'oreillette Bluetooth bien amarrée. Il s'extasie sur les personnes qui vivent avec trois fois rien tout en rêvant à sa prochaine réservation dans un quatre-étoiles pour se prélasser dans le jacuzzi en se racontant. Le bobo n'est pas contre le voile mais s'inquiète si sa fille projette de s'installer au Koweït ou au Yémen, même dans une grande firme. Résultat, le bobo ressent de la culpabilité, sait que le monde est injuste et que c'est pas cool. Le bobo se dit antiraciste mais avoue qu'il n'est pas d'accord avec le regard des musulmans sur les femmes. Le bobo inscrit éventuellement ses enfants en maternelle à l'école du coin mais pour la suite, il vire de bord et opte pour les meilleurs établissements où la mixité sociale reste un leurre. Le bobo ne peut qu'être névrosé. Il a de vraies passions et de vraies colères qui le mettent d'humeur guerrière. Il n'aime pas, mais pas du tout, l'Occident et tout ce qui le symbolise, comme : les banques, la bourse, les riches, les filles dénudées offertes par la pub et les esclaves volontaires de la pernicieuse société de consommation. Le bourgeois-bohème, pour faire court, n'a de bohème que ses fringues dépareillées hors de prix qui lui donnent un air de «gens relax». Il ne vient pas à l'idée de ce bourgeois rigide soi-disant tiers-mondiste que l'argent flambé chez Zadig et Voltaire pourrait nourrir une famille d'Afghans pendant un mois. Il dit se préoccuper de leur sort, alors que certains dorment juste en bas des Pentes, à dix minutes de chez lui. Il fait du yoga à Perrache au-dessus des réfugiés. Le bobo a l'air d'un clochard chic dans sa mini Cooper, le MacBook sous le bras, en route pour siroter un kir chez Albert en terrasse en lisant *Libé*. Il ne déteste pas tant que ça le système et se retrouve bien dans la société de consommation, les fringues Marithé «made in Bangladesh», les trekkings au Népal, et les voyages en avion.

Pour faire simple, en tant que parent, quoi qu'on fasse, on fait mal. Si j'ai bien compris. Je m'autorise un conseil. Il faut se cantonner aux prénoms traditionnels. Pour peu qu'ils ne soient pas déjà portés par des membres vivants de la famille, ou qu'ils ne viennent pas en remplacement d'un membre décédé, ça limite la casse et permet *a priori* d'échapper aux stéréotypes négatifs qui affectent les prénoms comme Kévin. Et puis, au cas où, si vous n'avez pas échappé au pire, c'est moins pire qu'avant, vous n'êtes pas obligé de vous fader un prénom qui vous colle à la peau. Depuis peu, Sophie me raconte qu'elle assiste une ribambelle de gens dans leurs démarches. Il paraît que son comptoir ne désemplit pas des Poupoune, Aude Savon, Choupette, Tarzan, Bioman. Ils font la queue au guichet depuis qu'ils n'ont plus à passer devant le tribunal pour abandonner leur nom de baptême. À bon entendeur !

Halloween

Les Biarrots et les Biarrotes n'en finissent pas de m'étonner. Je leur connaissais le sens du partage et du spectacle mais pas celui de bon enfant. Profitant de la moindre occasion pour commémorer leur histoire, faire revivre une danse locale sur la place du casino ou sur celle de la grande halle, ou encore pour faire vibrer leurs voix de ténors et de barytons à l'église Sainte-Eugénie, l'occasion du 31 octobre était trop belle. J'avais oublié qu'il n'y avait pas que le climat de commun entre un Anglais et un Biarrot. Leur millénaire d'histoire partagée est encore entretenu par de nombreux sujets de sa gracieuse majesté y ont élu domicile comme par le passé la tradition presque ininterrompue de princes. J'ai même entendu dire qu'Édouard VII était surnommé « roi de Grande-Bretagne et de Biarritz ». Une légende rapporte que l'engouement des Anglais pour Biarritz, région pas comme les autres, est dû à la longévité de ses habitants. Le climat aurait dû suffire à me rappeler qu'on était presque chez eux.

En cette fin octobre, les Basques ont troqué leur béret contre des tenues de diables et de sorcières improbables. Les rues piétonnes rivalisent avec celles de la capitale londonienne. Les vitrines des commerces regorgent de toiles d'araignées, de courges tout sourire. Les vendeurs, tous plus déjantés les uns que les autres, arborent des sourires carnassiers. Tous suscitent l'admiration plutôt que la peur. Chacun pose pour la photo sous son meilleur profil.

Grands, jeunes, moins jeunes, petits arborent des tenues invraisemblables. Les papis et mamies, en garde des petits-enfants, jouent le jeu et se laissent affubler de balais de sorcières ; les jeunes papas poussent les poussettes dans l'ombrage des cornes qui leur poussent sur la tête, les mamans, encore plus enjouées que les enfants, n'ont rien laissé au hasard, elles font voler les jupons et les baguettes. Le « home made » des costumes fleure bon la qualité et l'amour du soin maternel. Rien à voir avec les costumes bon marché des magasins de farces et attrapes. L'originalité, le savoir-faire et la dose d'amour mis dans la confection transcendent les tenues. À la tombée de la nuit, toute la joyeuse troupe, en nombre impressionnant, presque un mouvement de foule, fait la tournée des commerçants, bras dessus bras dessous. Ici on ne sonne pas aux portes des particuliers en menaçant de la bourse ou la vie mais on quémande sur la voie publique pour être vu. Les mères ne sont pas peu fières des butins récupérés chez les grands noms. Puyodebat, chocolaterie visitée par Mesdames Trump et Macron lors du dernier G7, ne désemplit pas. Pariès, Henriet, Miremond, Adam ne sont pas loin derrière. Heureusement, les commerçants avaient tout prévu. Ils réapprovisionnent régulièrement les seaux de leurs vendeurs.

Pour un soir, les mères ont laissé leurs bonnes manières, leur éducation bourgeoise, leur souci d'équilibre alimentaire. Les petits seaux orange en forme de citrouilles des progénitures se gonflent de chocolats, de bonbons et de friandises. Les vendeurs des magasins de chaussures, de vêtements, de bijoux ne sont pas en reste et distribuent sur le trottoir sans compter. Même la prof de yoga propose un cours déguisé suivi d'un apéro. C'est dire si l'esprit bon enfant d'Halloween est contagieux et général. Même les zens s'y mettent.

J'avais déjà été séduite par les systématiques « bonjour » et « au revoir » des habitants au conducteur de bus à chaque montée et descente, ils m'épatent à nouveau. L'année prochaine il faut que je prévoie.

La Halle

Sans elle, Biarritz ne serait plus Biarritz.

Point de ralliement des gourmets et des épicu-
riens, fief des rugbymans, emblème et fierté de la
ville, c'est le lieu des offrandes de la planète. Foire
humaine quotidienne, la vie y palpite plus fort, on
s'y régale d'abord avec les yeux puis avec les pa-
pilles. Le tout-Biarritz s'y rend, endroit idéal pour
être vu mais aussi symbole du mode de vie basque.
Ici, on s'agglutine entre dix et treize heures, on s'interpelle et se salue, les commerçants ne rivalisent
ni de gueule ni de gouaille comme dans le Sud. On
ne va pas faire ses courses, on va à la HALLE !
Ici, toutes les versions de manger sont poétiques
et se différencient de se bâfrer, bouffer, boulotter,
boustifailler, becqueter. À la halle, on déguste, sa-
voure, apprécie, se délecte, jouit, sirote, se régale
dans un mélange de parfums et de bonne chère.

Ici on prend son temps, on fait ses courses en goû-
tant et dégustant, les commerçants prennent le temps
de servir et acceptent que les suivants patientent.
On boit un verre de blanc ou un café à L'Amuse-
gueule, au bar Jean ou chez l'ostréiculteur, et bien
sûr, le plus important, on tape la discute. Parfois,
on s'offre un péché de curiosité chez Uhart tout en
en profitant pour contempler un tas de trucs dont
on peut se passer mais qui deviennent soudain in-
dispensables. Ça va de la cuillère parisienne au
coupe-œuf, aux robots les plus sophistiqués. Un
plaisir rassurant qui tient informé de l'ingéniosité de
l'humain en matière de quincaillerie.

On vous met en garde. Stressés, speedés, si vous
collez au mode de vie et au rythme des grandes
villes, êtes en désaccord avec la taxe bobo et adeptes
du prix du panier moyen, passez votre chemin.
Vous n'y trouverez pas votre compte, l'endroit sera
surfait, vous jugerez les commerçants inefficaces
et lambins, les produits chers. Vous serez insen-
sibles au voyage gastronomique et local, au culte
de la lenteur, aux valeurs sûres, au luxe alimentaire,
au savoir-vivre à la française, au bon, au vrai, à
l'authentique, à celui qui ne s'exporte pas.

Tout y est : épices et piment d'Espelette, champignons, lait cru, motte de beurre frais, fromages
affinés, viande maturée, porc pie noir bicolore,
charcuterie et salaisons – jambon Belota mais aus-

si d'autres moins connus mais tout aussi goûteux, pâtés, chorizo –, volaille, pêche de la criée de Saint-Jean-de-Luz, truite de Banka, huîtres, pain de chez Brousse, gâteau basque… Les commerçants vous reconnaissent, vous saluent, n'hésitent pas à vous faire goûter ce qui appartient à leur fierté, ils aiment ce qu'ils vendent et le font bien.

Une fois par semaine en été, c'est l'espace bobo aux bars et restaurants autour de la halle. Le marché nocturne est l'occasion de déguster dans une ambiance bon enfant les fameuses tapas. Les gosses s'amusent et se courent après dans la rue, on s'apostrophe d'un établissement à l'autre, on se fait servir des plats de l'un chez l'autre et on passe de l'un à l'autre pour finir par rentrer bien fatigué.

Le samedi, les agriculteurs, les vrais avec la terre sous les semelles, viennent parfaire l'exception-nel à l'extérieur de la halle avec leurs produits des fermes environnantes. On y trouve le bon goût des haricots verts plein champ trop gros, des tomates aux variétés oubliées disgracieuses mais savoureuses, du fromage frais et des œufs à l'unité. Lucette et Marie sont les incontournables des pro-ducteurs locaux. Elles sentent bon le terroir. Vous ne pouvez pas les louper. Vous les reconnaîtrez. La mère et la fille. L'une n'a rien à envier à l'autre. Elles illustrent à elles seules le dicton populaire «telle mère telle fille». La mère porte à merveille les robes tabliers surannées, des dents de lapin qui n'ont pas eu la chance d'être appareillées. Sa hanche usée rivalise avec le postérieur bien en chair de la fille. La fille, résolument moderne, porte des jeans et des sweat-shirts douillets qui lui donnent un air d'adolescente attardée. Toutes deux respirent une simplicité convoitée et donnent confiance. On les imagine rouler les z et les y, sous un édredon douillet couleur brique avec un accent à couper au couteau. Attendrissantes, elles respirent le vrai, d'authentiques madeleines de Proust. Sur leur étal, peu de choses : du fromage frais de vache, du sec de brebis, des œufs. Dessous, dans la glacière, le lait cru qu'il ne faut pas oublier de réserver à la belle saison. Le surplus familial laisse parfois à la vente la production du potager et le résultat de promenades dans les bois. C'est la mère qui parcourt les bois de la forêt communale à la recherche des cèpes et des girolles. Elle ne compte pas sa peine et se casse en deux sous les feuillus et les conifères pour en extraire son butin qu'elle expose fièrement. Chez elles, zéro gaspi, écolos avant l'heure, on a toujours été prié de rapporter les poches (nom local des sacs), y compris en papier, les bouteilles pour le lait, les boîtes à œufs. En avance sur leur temps, elles ont le souci du no gaspi même si c'est par radinerie. À la campagne, on ne roule pas sur l'or mais surtout on optimise et on sème à tout vent sans répit ni vacances, on dépense moins que l'on gagne et on épargne au cas où. Tout le monde se plie gentiment et le plus naturellement du monde aux règles et usages des deux femmes. On tend son ancien sac ou son Caddie pour se faire servir.

Ici, on n'achète pas des cèpes, on prend une leçon de mycologie. On vous explique comment le choisir, ferme, non gorgé d'eau, odorant, sans vers, et on vous invite à ne pas prendre la taille comme critère de qualité. Sans vous révéler exactement le point GPS de cueillette, on vous suggère, on vous donne, sous prétexte que les bois sont à tout le monde et qu'il suffit de se lever tôt, les indications approximatives de localisation. Prêts à vous rendre service et partager, les autochtones comptent sur chacun pour respecter la réglementation. Leur vision résolument positive de l'humain fait du bien. La limite de cueillette des champignons fixée à 3,5 kg par personne laisse à chacun de quoi faire. Largement suffisant pour une bonne omelette, même pour une grande famille. On vous conseille les bois de proximité – forêt d'Iraty, de Saint-Pée-sur-Nivelle, d'Haïra – en précisant que les champignons ne sont pas sauteurs, qu'il faut regarder dans les futaies de hêtres, sous les chênes, les pins, à l'abri de la lumière, là où la mousse se développe. On vous met en garde sur le risque de s'égarer, de tourner en rond. Modernes, ils préconisent l'utilisation de Google Map sur le téléphone portable, même s'ils précisent que la connexion peut laisser à désirer. On vous recommande surtout de passer votre chemin si vous êtes de nature impatiente, râleuse, négative et toujours insatisfaite. Il paraît qu'un cèpe ne ressemble à rien d'autre, qu'on ne peut pas se tromper. Et puis, au cas où vous rentreriez bredouille, ils vous rappellent les restaurateurs locaux qui n'attendent que vous. La publicité de la fameuse omelette aux cèpes du chalet Pedro d'Iraty n'est plus à faire. On y trouve aussi des spécialités basques, palombe, chuletta, entrecôte, anguille, truite, agneau…

Même les végétariens sont attirés par les guirlandes de jambons des bouchers. La lumière jaune – on dirait noël trois-cent-soixante-cinq jours par an – attire l'œil et met en valeur les pyramides de volailles élevées au grain et bardées de médailles, les viandes maturées rouge sombre, les côtes de veau et les T-bone steaks généreux. Moins photogénique, une place est quand même laissée aux pâtés, saucisses, à l'axoa (veau haché et épicé), aux longes de porc pour la chuletta (longe de porc panée).

La pêche locale de la criée de Saint-Jean-de-Luz est bien représentée sur les étals : mulet (poisson des bâtonnets Findus), chipiron, anguille, ventrèche de thon, truite banka de la ferme aquacole du nom du village mais à l'orthographe différente (Banca)

116

– allez savoir pourquoi –, rouget, pagre, bar sauvage, dorade, sardine, anchois… Avec leur couteau à effiler, les poissonniers vous donnent une leçon pour lever les filets, déshabiller une lotte, préparer une coquille Saint-Jacques. Allez demander au vendeur de supermarché de vous déshabiller une lotte, vous verrez la différence.

Les étals des primeurs, celui de Manu et les autres, bio et non bio, donnent envie de brouter. Un arc-en-ciel de fraîcheur aux noms poétiques : coco de Paimpol, navet boule d'or ou bicolore, chayotte, haricot vert, rouge, noir, cornille, chou-fleur, romanesco, frisé, blanc, rouge, gariguette, mara des bois… Pour un peu on deviendrait vegan, voire lapin. Les fruits et légumes de saison mais aussi exotiques – peut-être une faute – sont plus beaux et appétissants les uns que les autres. Les produits disposés avec le goût et la rigueur de l'étalagiste, dans l'harmonie et la complémentarité des couleurs comme sur les photos des marchés aux épices d'Orient, relèvent de l'art. Tout est prévu, pour les plus feignants d'entre nous, des petits légumes tout épluchés et coupés nous attendent.

À ne manquer sous aucun prétexte, à l'entrée à gauche, le chaleureux et bruyant bar-café L'Amuse-gueule. Selon l'humeur, en début ou en fin de marché, l'occasion de s'imbiber de l'esprit local. Le bandeau « le rugby, ce n'est pas un caprice, ça vous coule dans les veines et ça colle au terroir » donne le ton. Parler foot y est interdit. Au comptoir, perché sur un tabouret, on déguste un verre de blanc, un café, avec une farandole de tapas et chipoteries, « grignoteries » en tout genre. La serveuse compte le nombre de pics pour faire l'addition en partant du principe que vous êtes de bonne foi. Il y a un monde fou et il faut jouer des coudes à l'heure de l'apéritif. Quelques tables de repli dehors – service uniquement au comptoir – permettent de se retirer tout en profitant du moment dans un calme relatif. Pour finir, si L'Amuse-gueule ne vous a pas retenu, un jour sur deux, géographiquement à l'opposé, Jérôme, le producteur d'huîtres, vous attend. Ses produits de la mer ouverts sous vos yeux, dégustés crus ou juste snackés à la plancha avec un verre de vin et du pain frais sont un régal de connaisseurs.

Malheureusement, faire ses courses a une fin. Vers 14 heures, les lourdes portes de la belle halle ferment, elle se retire et il faut rentrer. Juste le temps de déballer et déguster vos trouvailles en famille, à moins que vous vous laissiez surprendre par la douceur de vivre attablé à un restaurant en remettant à plus tard le contenu de votre charrette qui attendra sagement.

Comme au théâtre !

De notoriété, Les Parisiens ont les grands magasins, la grande bibliothèque, les grands boulevards,
les grands joailliers, les grands hôtels et musées et
même les grands pontes – on n'entend d'ailleurs
jamais parler des petits. Ils s'identifient tant et si
bien au lieu que pour un peu, on pourrait croire que
les arbres atteignent le ciel. Ce sont donc les autres.

Chez nous, les trois coups ont de l'écho et résonnent. Le rideau dévoile des marionnettes or-
chestrées par le légendaire Guignol à la langue si
particulière. De tous les fleurons, c'est l'accent et
l'intonation qui frappent. Les Lyonnais mangent
une partie des mots, avalent les E ou les prononcent
EU comme le O, et bien sûr changent tous les A en
O. Accrochez-vous ! Ça donne : « J'serai po lo ce
soir, j'ai mon cours de peuney », « Je vais y faire,
y dire, t'y montrer ». Pour couronner le tout, ils

demandent : « C'est quelle heure ? ». Ça donne aussi parfois en coulisse : « Y va s'taper la latche ! ». Bon, d'accord, on vire à l'argot.

Les scènes se succèdent à un bon rythme, ni trop rapide ni trop lent, mais c'est bel et bien l'accent qui fait le style. À côté, les chefs étoilés, le mâchon, les grattons, la quenelle, le petit salé aux lentilles, l'andouillette, le saucisson à cuire, la papillote, la tarte aux pralines, les bugnes et j'en passe, les immeubles de Confluence salués par une poignée d'initiés au regard tourné vers l'avenir, sur la colline l'éléphant à l'envers, le site gallo-romain, le centre historique, les soyeux, les volées d'escaliers, les deux quais, l'hypercentre avec ses marques prestigieuses de la rue de la République et Victor Hugo, la traditionnelle fête des Lumières, les Nuits sonores et les deux grandes biennales de danse et d'art contemporain ne font pas le poids. Ils ne sont finalement qu'accessoires.

Le metteur en scène, peu attaché à l'unité du spectacle, comme si l'onde unificatrice du mur de Berlin n'était pas arrivée jusqu'à lui, fait respirer le plateau de tous les antagonismes de secteurs. Un canyon et trois fleuves – Rhône, Saône et Beaujolais – séparent Est et Ouest, intérieur et extérieur du périphérique. La césure se prolonge à travers les personnages, entre ceux qui ont été dans les lycées, grandes écoles ou entreprises en haut du classement, et les autres. Les rôles principaux sont tenus par des gones issus des Chartreux, Lazaristes, Maristes, Foucauld, Saint Marc, la Favorite, Chevreul, les Minimes ou l'École internationale. Leur succèdent les managers de l'EM, les ingénieurs de Central et de l'INSA, les enseignants de l'ENS, les avocats de l'EDARA, les professionnels de la communication de l'EFAP, ceux des beaux-arts et de chez Paul Bocuse – Paulo pour les intimes. L'affirmation est tellement vraie qu'il arrive même que certains spectateurs peu scrupuleux s'approprient les noms d'établissements en tête d'affiche sur leur CV. Quant aux universités, la rivalité n'existe pas vraiment ; à part médecine, il n'y a rien. Au final, sur la scène professionnelle, les recommandations d'Interpol, Sanofi Pasteur, Biomérieux, Boiron, Euronews, GL Events ouvrent de grandes portes dans un univers où tout est plus facile.

Entre parterre et balcon, il n'y a bien que le slogan de l'entracte – « Qui ne saute pas… » – pour unifier les « bad gones ».

Pourtant, ces personnages au ventre mou, qui n'ont rien de grand pour s'enorgueillir ou pavoiser, émeuvent. Se dégage d'eux une mollesse rassurante et constante comme la pression des doigts sur le ventre d'un ours en peluche. En demi-teinte, ni trop petit ni trop grand, Ils ont un petit quelque chose d'abracadabrantesque, de bizarre, contradictoire, décousu, hétéroclite, illogique, disharmonieux et incompréhensible qui fait leur charme. Un je-ne-sais-quoi éclaire l'aphorisme de la légendaire froideur qu'on leur attribue à tort. Ce côté indescriptible, hétéroclite et inhameçonable (insaisissable) fait du spectacle un chef-d'œuvre !

Entre deux représentations, les artistes, tantôt franchouillards, tripaillent (ripaillent ?) d'un tablier de sapeur dans un bouchon sur une nappe à carreaux. Les jours de relâche, ils savourent en gastronomes, attablés à la table d'un grand chef sur une nappe blanche amidonnée. À la croisée des chemins, entre Ainay, la Croix-Rousse et la Duchère, ils rencontrent des gens qui tendent l'oreille aux commérages, d'autres qui les ignorent, des pressés et des qui prennent leur temps, des qui rêvent d'ascension et des satisfaits, des curieux qui cèdent devant une fenêtre ouverte et des qui détournent le regard, des qui vivent à travers le regard des autres et d'autres qui ne se fient qu'à eux-mêmes. Ils découvrent des spécificités nichées dans le mélange d'épices et de thé aux saveurs exotiques de chez Bahadourian, vendues dans les prestigieuses halles qui ne ressemblent à rien de l'extérieur, ou encore dans la cohabitation du joaillier et des échoppes de bijoux moyenâgeux *made in China* de Saint-Jean. À côté des joyaux dont le théâtre s'enorgueillit, pléthore de bâtiments ne paient pas de mine. On respire le bon vivre en coulisse, dans la barre d'immeuble de style Le Corbusier aux appartements traversant de la rue Duguesclin, le toit-terrasse aux jardins collaboratifs de la gare routière de Perrache, les anciennes loges de concierges en entresol reconvertis en studios pour étudiants pleins d'ingéniosité, les entrepôts de Villeurbanne désaffectés réaménagés en lofts…

Quelle douceur pour ces artistes de sentir l'esprit de famille dans le doux mélange de la place Dupont et d'Ainay, du parc de la Tête d'Or et de la Feyssine.

Le spectacle vivant, une performance, transporte les initiés chaque fin de semaine, selon l'humeur, en tenue de jogging ou habillée, dans un mixte d'église, de marché alimentaire ou de créateurs, de puces, de bouchon lyonnais, de table gastronomique, d'expo ou de promenade dans les monts du Lyonnais ou les Pierres Dorées. Parfois, l'improvisation d'un simple repas dominical entre amis satisfait les grands et les petits. L'automne, avec son légendaire beaujolais nouveau et son brouillard, dévoile des privilégiés oisifs qui ne font pas grandchose de leur temps libre, dans la satisfaction, voire la jouissance, du moment présent. La représentation qui s'étire entre voisins, en famille, entre amis de longue date ou tout récemment conquis s'appelle le bon vivre.

Difficile de ne pas faire la promotion d'un tel spectacle, au risque de le perdre par trop de notoriété. INCONTOURNABLE. Si l'aventure vous tente, si vous voulez être des leurs, un conseil : passez par la Vogue de la Croix-Rousse, achetez un cornet de marrons grillés et n'oubliez pas de faire des matefaims pour l'quatre-heures des gones. Vous serez fin prêts pour vous faire péter la miaille en espérant ne pas contracter le bocon !

Bienvenue à Lyon !

Table